Alles voller Hoffnung

Spaß am Lesen Verlag
www.spassamlesenverlag.de

Alles voller Hoffnung ist die deutsche Übersetzung einer niederländischen Erzählung in einfacher Sprache. Der dieser Erzählung zugrundeliegende Roman *Is er hoop* erschien 2009 bei Uitgeverij Contact und 2011 unter dem Titel *Alles voller Hoffnung* auf Deutsch beim C. Bertelsmann Verlag.

Text Originalfassung: Renate Dorrestein
Bearbeitung: Ria van Adrichem, De Stiep Educatief
Übersetzung: Bettina Stoll
Umschlagmotiv: Shutterstock
Satz und Gestaltung: Eenvoudig Communiceren
Druck: Easy-to-Read Publications

ISBN 978-3-944668-01-7

Alles voller Hoffnung

Renate Dorrestein

Teil 1

Schwierige Wörter oder Ausdrücke sind unterstrichen. Die Erklärungen stehen in der Wörterliste am Ende des Buches.

Hemd und Krawatte

Oma hat den Briefkasten geleert.
Es ist ein Brief der Werkstatt dabei.
Rasch öffnet sie den Umschlag.
Ihre Augen fliegen über die Zeilen.
Sie kann es nicht glauben.
Aber da steht es, schwarz auf weiß:
Die Werkstatt hat Igor zu einem Gespräch eingeladen.
Oma greift zum Telefon und vereinbart sofort einen Termin.
Sie können gleich kommen.
„Los, Igor“, sagt sie, „wir gehen!“
Kurz darauf sitzen sie bereits in der S-Bahn.
Bei der Werkstatt steigen sie aus.
„Wir sind auf dem Weg in deine Zukunft“, freut sich Oma.
Igor sagt nichts.
Erst mal sehen, ob es mir dort gefällt, denkt er.
Sonst muss ich alles kurz und klein schlagen.

Vor dem Eingang spürt er eine Spannung im Bauch.
Drinnen herrscht Lärm.
Aus jeder Ecke kommen andere Geräusche.
Von Hämmern, Sägen und Feilen.
Es riecht nach Leim, Metall und Holz.
Igor atmet tief ein. Hier fühlt er sich wohl.

Auf dem Rückweg redet Oma an einem Stück.
Sie ist froh, dass Igor am Montag anfangen kann.
„Du hast jetzt Arbeit, das muss gefeiert werden“, sagt sie.
„Heute Abend gibt es etwas besonders Gutes.“

Igor denkt nicht an Essen.
Er denkt schon an nächsten Montag.
In der Werkstatt stellen sie viele Dinge her:
Stühle, Wäscheklammern, Puppen, Föhne und so weiter. Womit wird er wohl am Montag anfangen?
Aufkleber auf Kartons kleben? Staubsauger montieren?
Geschirrtücher einpacken? Puppen basteln?

„Ich will ein neues Hemd“, sagt Igor.
„Mit einer Krawatte. Wie Jack.“
Jack leitet die Werkstatt.
Er nannte Igor „Kollege“.
Und Jack trinkt Milch direkt aus der Packung.
Oma sieht ihn an.
„Muss das wirklich sein?“, fragt sie.
„Ich brauche eigentlich neue Schuhe.“
Igor lässt nicht locker.
Er will unbedingt ein Hemd mit Krawatte.
Sonst wirft er den Tisch um. Und die Stühle.
Oma gibt nach. „Also gut“, meint sie.
„Aber die Schuhe können noch eine Weile warten.“

Im Laden wählt Igor ein weißes Hemd mit
blauen Streifen.
Und eine blaue Krawatte mit weißen Streifen.
Danach gehen sie zur Bäckerei.
Man kann dort auch Kaffee trinken.
Sie setzen sich an einen der Tische.
Oma kennt den Mann, der hier arbeitet.
Er heißt Stefan.
„Igor darf in der Werkstatt anfangen",
erzählt sie ihm.
„Ich kann gar nicht sagen, wie froh ich darüber bin."
Es sieht aus, als ob sie gleich zu weinen anfängt.
Stefan klopft Igor freundschaftlich auf die Schulter.
„Das sind ja gute Nachrichten! Ich bin stolz
auf dich."

Oma nimmt die neue Krawatte aus der Tasche.
„Kannst du Igor zeigen, wie man eine Krawatte
bindet?"
Stefan legt sich die Krawatte um den Hals.
Gekonnt knüpft er einen Knoten.
Igor macht es ihm nach.
Doch er schafft es nicht.
Nach dem dritten Versuch nimmt ihm Stefan die
Krawatte ab.
Stefan legt sie sich um den eigenen Hals und macht
einen Knoten.
Dann lockert er den Knoten ein bisschen.

Er zieht die Krawatte über den Kopf
und gibt sie Igor.
„Lass sie einfach so, mit Knoten“, sagt Stefan.
„Und wenn du sie umhast, ziehst du
am kurzen Ende.“
Igor streift sich die Krawatte über den Kopf.
Er zieht am richtigen Ende. Die Krawatte sitzt.

Milch

Am Montagmorgen ist Igor schon früh wach.
Er zieht sein neues Hemd an.
Der Stoff fühlt sich noch etwas steif an.
Danach streift er die Krawatte über und zieht am kurzen Ende.
Erst jetzt kommt die Unterhose.
Nun noch Socken und Hose. Fertig.
Und natürlich die Schuhe ...
Da erinnert er sich, dass Oma neue Schuhe braucht.
Von dem Geld, das er verdienen wird, kann sie Schuhe kaufen.
Was würde Oma nur ohne ihn anfangen?

Igor geht ins Wohnzimmer.
Hier ist sie nicht.
Darum versucht er es in Omas Schlafzimmer.
Vorsichtig öffnet er die Tür. „Oma?“
Er bekommt keine Antwort.
Langsam gewöhnen sich Igors Augen an die Dunkelheit.
Oma ist unter der Bettdecke kaum zu sehen.
Sie heißt Irene. Und sie ist sehr dünn.
Ihre enge Jeans hängt über einem Stuhl.
Auf diesem Stuhl sitzt sie jeden Morgen.
Sie schaut in den Spiegel und bindet die schwarzen Haare zum Pferdeschwanz.

Es gibt nicht viele, die so eine Oma haben, denkt Igor.
Jack hatte angenommen, dass sie seine Mutter ist.
Viele Leute glauben das.
Oma sagt dann immer: „Ja, ich war eine junge Mutter. Und meine Tochter auch."

Auf einmal geht das Licht an.
Oma setzt sich auf. Ihr Haar ist durcheinander.
„Raus aus dem Schlafzimmer, Igor!",
ruft sie wütend.
„Es ist mitten in der Nacht!"
Igor verlässt das Schlafzimmer.
Tagsüber wagt sie es nicht, ihn anzuschreien.
Tagsüber lässt sie es lieber sein.

Nach dem Frühstück verlassen sie das Haus.
Igor hat guter Laune.
An der Straßenecke muss Igor auf den Bus warten.
Der Bus wird ihn zur Werkstatt bringen.
„Du musst hier warten, bis der Bus kommt", sagt Oma.
Dann lässt sie ihn allein und geht zu ihrer Arbeit.
Igor schaut sich um.
An einer Hauswand sieht er ein Plakat.
Darauf ist ein Mädchen in einem kurzen Kleid abgebildet.
Ihr blondes Haar weht im Wind.

Das ist schön, denkt Igor.
Jetzt kann ich mir jeden Tag dieses Mädchen anschauen.

Manchmal fahren Autos vorbei.
Aber der Bus kommt nicht.
Igor wird es heiß.
Die Sonne scheint ihm ins Gesicht.
Auch der Wind ist warm.
Auf der anderen Straßenseite ist es schattig.
Aber da kann er nicht hin.
Er muss hier warten.

Nach einer Weile schaut Igor in seine Tasche.
Da sind seine Brotdose und eine Milchtüte.
Er öffnet die Milchtüte und trinkt sie in einem Zug leer.
Wie Jack, ohne Glas.
Die leere Packung steckt er wieder in die Tasche.

Mit dem Ärmel wischt er sich den Schweiß von der Stirn.
Was für eine Hitze heute!
Er denkt an seine Oma.
Sie arbeitet in einer öffentlichen Toilettenanlage.
Es ist dort schön kühl.
Denn die Toiletten befinden sich in einem Keller.
Igor bekommt langsam Hunger.

Er holt seine Brotdose aus der Tasche.
Die belegten Brote fühlen sich warm an.
Er isst alles auf.
Danach muss er gähnen.
Jetzt wartet er hier schon eine Ewigkeit.
Eigentlich muss er pinkeln.
Aber Oma hat ihm verboten, das auf der Straße zu tun.
Sie hat es einfach.
Auf ihrer Arbeit gibt es immer eine Toilette.
Doch er steht mitten auf der Straße.
Igor schaut nach links und nach rechts.
Er sieht niemanden.

Igor stellt die Tasche auf den Boden.
Er nimmt die leere Milchtüte heraus und faltet sie oben auseinander.
Nun öffnet er den Hosenschlitz.
Er versucht, seinen Pimmel in die Packung zu hängen.
Aber sofort rutscht dieser wieder heraus.
Warmer Urin strömt über seinen Oberschenkel.
Blödes Ding.
Erneut steckt er seinen Pimmel in die Milchtüte und pinkelt. Puh, das tut gut.
Als er fertig ist, faltet er die Milchtüte oben zusammen.
Er stellt sie so in die Tasche, dass sie nicht umfällt.

Dann macht er seine Hose wieder zu.
Ein Hosenbein ist ganz nass.

Zum Glück ist das Wetter schön.
Igor hält das Bein in die Sonne.
So kann die Hose trocknen.
Er beobachtet den Dampf, der von seiner Hose aufsteigt.
Gut. Da muss man die Hose nicht mehr waschen.
Nach einer Weile ist alles trocken.
Igor schaut hoch zum Himmel.
Der sieht vor lauter Hitze weiß aus.

Apfelkuchen von Stefan

Am nächsten Tag ist Oma immer noch verärgert.
Sie erzählt ihrer Kollegin, was gestern passiert ist.
Der Fahrer wusste nicht, dass er Igor abholen muss.
Jack hatte vergessen, ihn zu informieren.
Und Igor stand den ganzen Tag an der Haltestelle.
In der vollen Sonne.

„Sein Gesicht ist völlig verbrannt", sagt Irene.
„Das würde ich mir nicht gefallen lassen",
meint ihre Kollegin.
„Irene, du musst was unternehmen.
Sonst passiert das vielleicht noch einmal."
„Ja", antwortet Irene. „Wahrscheinlich hast du recht."
Sie nimmt die Geldmünzen von dem kleinen Teller.
Es ist das Trinkgeld der Toilettenbesucher.
„Gut, dann bis morgen."

Auf dem Heimweg sieht sich Irene in einem
Schaufenster.
Sie erschrickt vor ihrem eigenen Spiegelbild.
Bin ich das?
Ihre Schultern sind hochgezogen.
Der Mund ist ein dünner Strich.
Igor wohnt bei ihr, seit er fünf ist.
Schon damals war er anders als andere Kinder.
Ein kleiner Junge, dem das Lernen schwer fiel.

Aber es ging.
Inzwischen ist Igor 16 Jahre alt.
Er ist einen Kopf größer als sie und viel stärker.
Sie will auf dem Weg nach Hause etwas Kuchen kaufen.
Das hat sie Igor versprochen.
Weil gestern so ein schlimmer Tag war.
Stefan lächelt, als sie die Bäckerei betritt.
„Hallo, Irene", begrüßt er sie. „Kaffee?"
„Nein danke", sagt sie.
Sie setzt sich und erzählt Stefan, was passiert ist.
„Ach, Irene", meint Stefan.
„Mach dir keinen Stress.
So was kann passieren."
Genervt presst sie die Hände zusammen.
Solche Antworten helfen ihr nicht weiter.
Sie will, dass er so denkt wie sie.
Dass er es genauso schrecklich findet.

Stefan schaut sie an. „Was ist los, Irene?
Letzte Woche warst du froh, dass er dort arbeiten kann.
Heute ist es sicher gut gegangen in der Werkstatt."
Irene zuckt mit den Schultern:
„Er ist heute gar nicht hingegangen.
Sein Gesicht ist knallrot.
Er sitzt zu Hause vor dem Fernseher."
Stefan schüttelt den Kopf.

„Irene, du darfst ihn nicht so viel einsperren."
„Ja", antwortet sie.
„Aber zu Hause tut ihm niemand was.
Und er fällt keinem zur Last."

Stefan schneidet Brot mit der Maschine.
„Du willst doch auch, dass er zu dieser Werkstatt geht, oder?"
Irene nickt. „Ja, schon.
Aber erst muss er wieder normal aussehen.
Wie er jetzt aussieht ... Das geht doch nicht."
Sie seufzt kurz:
„Wenn es dort klappt, kann ich mal an mich denken."
Stefan schaut sie mit einem schiefen Lächeln an.
„Und was möchtest du gern tun?"
Diese Frage bringt Irene etwas aus der Fassung.
„Ach, ist doch egal", antwortet sie.
„Es wird eh nichts draus."
Stefan grinst: „Jeder hat einen Traum.
Vielleicht weißt du nur noch nicht, wie er aussieht."
Irene betrachtet ihre Hände:
„Packst du mir zwei Stückchen Apfelkuchen ein?"
Stefan beugt sich über die Auslage.
Er nimmt den Apfelkuchen heraus und schneidet zwei Stücke ab.
Stefan legt ein Scheibe Marmorkuchen dazu.
„Hier, noch etwas Marmorkuchen.

Kommt frisch aus dem Ofen."
Er gibt Irene den eingepackten Kuchen.
„Danke, Stefan", sagt sie zum Abschied.

In der S-Bahn ist es voll.
Sie muss daran denken, was Stefan gesagt hat.
Welchen Traum soll sie denn haben?
Wann soll sie überhaupt zum Träumen kommen.
Neben Igor und ihrer Arbeit bleibt ihr keine Zeit.
Als sie 16 war, träumte sie von weiten Reisen.
Ihre Eltern verstanden sie nicht.
Deshalb war sie weggelaufen.
Aber warum ist Nora 16 Jahre später weggelaufen?
Halt! Sie will nicht an ihre Tochter denken.
Fünf Jahre alt war Igor, als er zu ihr kam.
Weil Nora nicht für ihn sorgen konnte.
Seitdem verdrängt sie alle Gedanken an Nora.
Irene will nicht an sie denken.
Und das soll auch so bleiben.

Die Giraffe

Igor macht sich gut in der Werkstatt.
Jack ist sehr zufrieden mit dem Jungen.
Er klebt Aufkleber auf Kartons.
Vier Tage pro Woche ist Igor damit beschäftigt.
Freitags arbeitet er immer in einer anderen Abteilung.
Jack will sehen, was er sonst noch alles kann.
An einem Freitag hat er Kabel an Bügeleisen montiert.
Ein anderes Mal hat er Geschirrtücher eingepackt.
Und Stuhlbeine an Stühle geschraubt.

Am vierten Freitag darf Igor zu den Puppen.
Auf der Werkbank liegen alle Einzelteile.
Beine, Arme und Köpfe.
Der Anblick ist nicht schön.
Als hätte man Babys in Stücke gesägt.
Es graust ihm ein wenig bei dem Gedanken.
Vorsichtig dreht er das erste Bein in einen Körperrumpf.
Da kommt Jack herein.
Zusammen mit einem Mädchen.
Die ist sicher neu, denkt Igor. Er hat sie noch nie gesehen. Das Mädchen ist klein.
Ihr Gesicht ist rund wie die Sonne.
Sie trägt ein knallrotes T-Shirt und eine weiße Hose.

Jack stellt sie vor: „Das ist Bärbel.
Sie will sich bei uns umschauen."
„Oh, Puppen!", ruft Bärbel froh.
Igor dreht das zweite Bein in den Rumpf.
„Ich schau mir mal unseren Vorrat an", sagt Jack.
„Vermutlich muss ich einiges bestellen."
Er geht aus dem Raum und lässt die beiden allein.

Bärbel nimmt einen Rumpf und einen Kopf
vom Tisch.
„Wie heißt du?", fragt sie.
Dabei versucht sie, den Kopf auf den Rumpf
zu drehen.
Es gelingt ihr nicht, weil sie viel zu fest drückt.
„Mein Bruder heiratet", fährt sie fort.
„Er bekommt zwei Babys.
Die sind beide schon im Bauch von Greta.
So heißt die Frau, die er heiratet.
Danach wollen sie noch zwei Babys.
Und ich werde dann Tante.
Mit Babys muss man vorsichtig sein, weißt du das?"

Bärbel reißt Igor seine Puppe aus der Hand.
„Nicht so! Du musst den Kopf immer gut festhalten.
Schau, so macht man das."
Sie wiegt die Puppe hin und her.
Igor nimmt einen anderen Rumpf und steckt einen
Arm hinein.

Bärbel soll ihm genau zuschauen.
So kann sie lernen, wie man Puppen macht.
Aber Bärbel beachtet ihn nicht.
Sie hat nur Augen für die Puppe in ihren Armen.
Und sie lächelt in das rosa Puppengesicht.

Igor holt tief Luft.
Er will etwas Besonderes erzählen.
„Meine Oma kauft sich neue Schuhe.
Und ich weiß, welche Größe sie hat."
„Toll", sagt Bärbel. „Dass du so was weißt."
Jack kommt zurück.
„Bärbel, wir gehen weiter", ruft er.
Die beiden sind schon bei der Tür.
Da hört Igor die Stimme von Bärbel:
„Ein komischer Junge.
Er sagt fast nichts.
Und die Musik ist ziemlich laut hier."

Am nächsten Montag kommt Bärbel wieder in die Werkstatt.
Sie trägt ein rotes Kleid mit weißen Streifen.
Ihr Gesicht ist immer noch rund wie die Sonne.
In der Pause will Igor mit ihr reden.
Er weiß, was er sagen wird.
Und er weiß, was sie sagen wird.
Bärbel wird sagen: „He, komischer Junge,
schau mich an.

Was siehst du, wenn du mich anschaust?“
Und dann wird er sagen: „Ich sehe einen Sonnenstrahl.“
Endlich klingelt es. Pause.
Bärbel sitzt draußen im Hof.
Aber sie fragt gar nichts.
Sie beklagt sich nur über die laute Musik.
Auf einmal richtet sie sich auf.
„Rat mal, welche Farben ich mag.“
Sie zeigt auf ihr Kleid.
„Ich mag Rot und Weiß. Und welche Farben gefallen dir?“
Igor zeigt auf sein Hemd.
Bärbel fängt an zu lachen.
„Weiß und Blau. Wie der Himmel und die Wolken.“

Igor rückt näher an Bärbel heran.
„Weißt du, was eine Giraffe ist?“, fragt er leise.
Bärbel denkt nach.
„Ja“, antwortet sie.
„Als alle Tiere fertig waren, blieb noch was übrig.
Daraus wurde dann die Giraffe.“

Pfannkuchen

Jeden Tag kommt Igor mit neuen Geschichten nach Hause. Bärbel sagt dies, Bärbel sagt das.
Er hat sogar eine Karte von Bärbel bekommen.
Von dem Haus, in dem ihr Bruder und seine Frau Greta wohnen.
Irene ist sehr erstaunt.
Sonst erzählt Igor nie etwas.
Und jetzt? Jetzt redet er ohne Ende.
Die Arbeit in der Werkstatt tut ihm gut.

Eines Tages will Igor ein Geschenk für Bärbel kaufen.
„Nächste Woche hat sie Geburtstag.
Sie wird 18."
„Am Samstag gehen wir in die Stadt", sagt Irene.
„Wir werden was Schönes finden."
Doch dann kommt sich alles ganz anders.
Völlig verwirrt kommt Igor am Mittwoch nach Hause.
Erst nach einer Weile versteht Irene, was er sagt.
Bärbel ist weg. Sie kommt nicht mehr.
Der Lärm war zu viel für sie. Und für ihren Kopf.
Igor tritt gegen das Tischbein.
Danach schlägt er den Spiegel im Badezimmer kaputt.
„Ohne Bärbel will ich da nicht mehr hin!
Nie mehr will ich in die Werkstatt!"

Am nächsten Tag ruft Irene Jack an.
„Igor ist durcheinander.
Ohne Bärbel will er nicht mehr arbeiten."
„Ach, machen Sie sich keine Sorgen", meint Jack.
„Die Menschen hier gewöhnen sich aneinander.
Und wenn einer weggeht, sind alle durcheinander.
Lassen Sie ihn ein paar Tage zu Hause.
Am Montag schicken Sie ihn wieder her.
Dann darf er bei den Staubsaugern anfangen.
Das wird ihm gefallen."
Irene reibt sich die Stirn.
„Danke", stammelt sie.
„Er wird am Montag wieder kommen."
Sie legt das Telefon aus der Hand.
Zum ersten Mal will ihr jemand helfen.
Jemand, der begreift, wie Igor ist.
Sie ist nicht mehr allein.

Am Samstag geht Irene mit Igor zur Bäckerei.
Damit Igor nicht ständig an Bärbel denkt.
Igor stürmt in das Geschäft und wedelt mit Bärbels Karte.
Er erzählt Stefan von dem rot-weißen Kleid.
Von den Babys und von Bärbels Kopf.
„Und jetzt ist sie weg", jammert er.
„Das ist ja eine Geschichte", meint Stefan kopfschüttelnd.
„Vielleicht kannst du dich mal mit ihr verabreden?"

Irene erschrickt.
Doch Stefan sagt: „Eine Verliebtheit muss man ernst nehmen."
Verliebt?
Ach, du lieber Himmel, denkt Irene.
Da habe ich wohl etwas verpasst.
Igor ist verliebt!
Sie wird mit ihm über ein paar Dinge reden müssen.
Über Mädchen und über Sex
Und über Kondome.
Kondome? Dafür hat Igor keine Geduld.
Sie muss sich etwas anderes einfallen lassen.
Auf einmal steht sie auf.
Geräuschvoll schiebt sie ihren Stuhl zurück.
„Komm, Igor, wir gehen.
Wir müssen noch einkaufen."
Sie zieht Igor hinter sich her.

Zwei Straßen weiter ist ein Supermarkt.
Mit Igor einkaufen ist schrecklich.
Seine Augen sind überall, und er muss alles anfassen.
Aufgeregt rennt er vor ihr her.
Zwei Reihen weiter findet sie ihn wieder.
Dort steht eine junge Frau.
Sie zeigt den Kunden ein neues Produkt.
Es ist Teig für Pfannkuchen. In zehn Sekunden fertig.

Igor schaut seine Oma eindringlich an.
„Na gut", sagt sie.
„Wir nehmen eine Packung mit."

Zu Hause stellt Irene die Einkäufe in der Küche ab.
Nachher muss sie noch Staub saugen.
Sie nimmt Igor bei der Hand.
Bevor er begreift, was sie vorhat, sitzt er in seinem Zimmer.
Dann schließt Irene die Tür ab.
Für eine Weile wird Ruhe sein.
Igor wird sich mit seinen Puppen beschäftigen.
Bärbel hat die Puppen gemacht.
Aber sie hat die Glieder falsch eingesetzt.
Die Puppen sehen aus, als ob sie gebrochene Arme und Beine haben.
Es gibt Menschen, die können nicht mal so was, denkt Irene.
Was soll man mit ihnen anfangen?
Außerdem ist Bärbel ein Mädchen.
Das ist eine zusätzliche Sorge.
Irene ist sich darüber im Klaren.
Sie hat auch eine Tochter. Sie weiß, wie das ist.
Doch nichts in Irenes Haus verrät etwas von einer Tochter.
Obwohl Nora hier 16 Jahre lang wohnte.
Eines Tages schlug Nora die Tür hinter sich zu.
Und sie kam nie wieder zurück.

Kein Lebenszeichen. All die Jahre.
Nichts. Als hätte es sie nie gegeben.

Nach dem Staubsaugen schaltet Irene den Fernseher ein. Sie schläft dabei ein.
Irgendwann wird sie wach, weil Igor laut ruft.
„Oma, Oma, ich hab Durst. Oma! Durst!“
Irene steht rasch auf und lässt Igor aus seinem Zimmer.
In der Küche schenkt sie ihm ein Glas Wasser ein.
Auf der Arbeitsfläche liegt die Packung mit der Pfannkuchen-Mischung.
„Hör zu“, sagt sie zu Igor.
„Heute gibt es Pfannkuchen.
Weil du jeden Tag so fleißig arbeitest.
Ich bin sehr stolz auf dich.“

Pfannkuchen. Das ist lange her.
Wie macht man die noch mal?
Sie liest auf der Rückseite der Packung.
Man braucht eine Schüssel für den Teig, eine Pfanne und einen Mixer.
Alles steht bereit.
Dann schüttet sie den Inhalt der Packung in die Schüssel.
Es kommt noch etwas Milch und ein Ei dazu.
Mit dem Mixer rührt sie, bis alles gut vermischt ist.
Sie gibt ein Stückchen Butter in die Pfanne.

Sobald die Butter flüssig ist, gießt sie etwas Teig hinzu.
Eigentlich ist es gar nicht schwierig.
Auf einmal muss sie an früher denken.
An ihre Mutter in einer Blumenschürze vor dem Herd.
Und an die Pfannkuchen, die sich daneben auf einem Teller türmten.
Mit Schwung wendet Irene den ersten Pfannkuchen.
Als er fertig ist, legt sie ihn auf einen Teller.
Danach ruft sie Igor.

Ein Teelöffel Zimt

Am nächsten Montag geht Igor wieder in die Werkstatt.
Als er nach Hause kommt, steht Oma in der Küche.
Sie hat arme Ritter gebacken.
„Ich habe Zimt unter den Zucker gemischt", erklärt sie. „So schmeckt es noch besser."

Igor geht auf sein Zimmer.
Interessiert betrachtet er seine verbundene Hand.
Wie ein Boxer sieht er heute aus.
Er springt herum und boxt ins Leere.
„Essen ist fertig!", ruft Oma.
Sie kommt zur Tür herein und sieht Igors Hand.
„Was ist mit deiner Hand?", fragt sie erschrocken.
Igor schaut sie wütend an. Blöde Frage!
Am liebsten würde er zuschlagen, aber dann fällt sie wieder um.

Unsicher schaut sie ihn an.
Igor spürt, dass es wieder passiert.
Wie schon heute Nachmittag.
Erich hatte ihn „Blödmann" genannt.
Da sah Igor Blutspritzer vor den Augen.
Jetzt sieht er die wieder.
Oma macht einen Schritt zurück.
Sie knallt die Tür zu und dreht den Schlüssel um.

Igor bewegt den Kopf schnell hin und her.
Die Blutspritzer verschwinden vor seinen Augen.
Auf einmal ist er sehr müde.
Er legt sich aufs Bett.
Am Kopfende hängt die Karte von Bärbel.
Bärbels Kopf ist rund wie die Sonne.
Mensch, denkt er auf einmal.
Das habe ich Oma noch gar nicht erzählt.
Er steht auf und ruft: „Oma, darf ich raus?"
Seine Wange hat er an die Tür gedrückt.
Igor hört, wie sich Schritte nähern.
Oma bleibt vor der Tür stehen.
„Bärbel sieht aus wie die Sonne", sagt Igor.
„Das ist schön", antwortet Oma auf der anderen Seite der Tür.
„Sie sieht aus wie die Sonne!", wiederholt Igor.
„Das Essen ist fertig", sagt Oma.
Jetzt erst merkt Igor, dass er Hunger hat.
„Darf ich zum Essen rauskommen?", fragt er.
Auf der anderen Seite ist es erst still.
Dann dreht sich der Schlüssel im Schloss.

Igor schmecken die armen Ritter mit Zimt.
Er isst alles auf.
Danach sieht er sich etwas im Fernsehen an.
So vergehen acht Jahre.
In diesen acht Jahren arbeitet und isst Igor.
Und er sitzt vor dem Fernseher.

Teil 2

Zwei Eier

Acht Jahre später.
Igor ist dick geworden.
Er hat 30 Kilo zugenommen.
Das liegt an Oma.
Sie hat entdeckt, dass ihr Kochen und Backen
Spaß machen.
Am Anfang half Stefan manchmal.
Doch jetzt kann sie alles machen, was sie will.
Jeden Tag gibt es etwas anderes.
Und Igor isst immer den Teller leer.
Es macht ihn träge und langsam.
Aber so hat es Irene gern.
Morgens geht Igor zur Werkstatt.
Dort arbeitet er bei den Wohnwagen.
Am Nachmittag kommt er nach Hause.
Er isst alles, was Irene für ihn gekocht hat.
Danach sieht er fern, bis es Zeit ist,
ins Bett zu gehen.

Irene ist jetzt 56.
Auch für sie sind acht Jahre vergangen.
Manchmal schaut sie in den Spiegel und erschrickt.
Bin ich das? Lieber Himmel, ich sehe aus wie meine
Mutter ...
Denkt Nora das vielleicht auch manchmal?
Halt, halt, ermahnt sich Irene sofort.

Nicht an Nora denken.
Sie nimmt ein Ei und bricht es am Schüsselrand auf.
Dann nimmt sie noch eins.
Das Eiweiß schlägt sie zu Schnee.
Heute gibt es einen köstlichen Nachtisch: Tiramisu.

Sahnetorte

Igor hat eine Kollegin, die Antje heißt.
Sie hat das Down-Syndrom und ist immer fröhlich.
Doch jetzt ist Antje krank und liegt im Krankenhaus.
Jack sagt: „Wir besuchen Antje.
Wer möchte mitgehen?“
Alle wollen mit ins Krankenhaus.
Deshalb wird gelost, wer mit darf.
Igor gewinnt.
Vor Aufregung springt er in die Luft.
Er hat noch nie etwas gewonnen.
In der Mittagspause ist es so weit.
Erst gehen Jack und Igor einkaufen.
Blaue und weiße Trauben, drei Bananen,
einen Apfel, eine Birne und zwei Kiwis.
Igor will noch Sahnetorte für Antje mitnehmen.
„Dann wird Antje sicher schnell gesund.“

Vor dem Supermarkt steht eine Frau und verkauft
die Straßenzeitung.
Igor wäre fast mit ihr zusammengestoßen.
Sie fängt sofort an, auf Igor zu schimpfen.
Ihr Gesicht ist schmutzig und verschmiert.
Die Augen sind rot unterlaufen.
Obwohl es warm ist, trägt sie eine Menge Kleider.
Jack drückt der Frau etwas Kleingeld in die Hand.
Die Frau schimpft immer noch.

„Du frecher Kerl!“, ruft sie und schaut Igor böse an.
Schließlich gibt sie Jack eine Zeitung.
Igor blickt noch einmal kurz zurück.
„Mach dir nichts draus, Igor“, meint Jack.
„Sie ist nicht ganz gescheit im Kopf.“

Antje liegt in einem großen Bett und keucht.
An ihrem Körper sind viele Schläuche befestigt.
Ihr Gesicht ist schweißnass.
„Hallo, Antje“, sagt Jack.
Er streichelt ihre Wange.
„Wie geht es dir?“
Antje schluckt schwer, sagt aber nichts.
Igor bleibt an der Tür stehen.
Eine Weile sind alle still.
Nur das Keuchen von Antje ist zu hören.

Schließlich fängt Jack wieder an:
„Wie ging noch mal der Witz mit der Kuh, Antje?“
Schnell erzählt Igor den Witz.
Und danach erzählt er noch mehr Witze.
Bis eine Frau zur Tür hereinkommt.
Sie sieht blass aus.
„Ich bin Antjes Mutter“, stellt sie sich vor.
Sie schüttelt Igor und Jack die Hand.
„Es tut mir sehr leid“, sagt Jack zu ihr.
„Wir wussten, dass sie nicht alt wird“,
antwortet die Mutter.

„Aber jetzt …"
Jack legt ihr den Arm um die Schultern.
Die Mutter schnäuzt sich die Nase.
Zu Antje sagt sie:
„Hast du die leckeren Sachen gesehen?
Möchtest du ein bisschen Obst?"
Antje gibt einen Laut von sich.
„Oh, willst du eine Traube?"
„Sie hat Torte gesagt", erklärt Igor.
„Sie hat gesagt: Ich will ein großes Stück Torte."
Antjes Mutter schaut Igor an.
Dann nimmt sie ein Messer und schneidet ein Stück
von der Torte ab.
„Hier. Du bist doch Igor?
Antje redet oft von dir."
Igor setzt sich mit seiner Torte auf einen Stuhl,
weit weg vom Bett.

Am nächsten Montag schaltet Jack das Radio aus.
„Antjes Herz hat aufgehört zu schlagen", sagt er.
„Das bedeutet, dass sie nicht mehr zurückkommt.
Nie wieder.
Sie wird am Mittwoch begraben.
Wer will, kann mit zum Friedhof.
Wir nehmen den Bus von der Werkstatt."
„Gehst du mit, Igor?", erkundigt sich Jochen.
Jochen ist sein Chef bei den Wohnwagen.
„Nein", antwortet Igor.

„Warum nicht?“, fragt Jochen.
„Antje war doch eine nette Kollegin.
Die lässt man nicht einfach im Stich.
Und vergiss nicht: Der Tod begleitet dich immer.
Auch du kannst jeden Moment sterben.
Und dann ist es schön, wenn jemand zur
Beerdigung kommt.
Also, geh einfach mit.
Zuerst aber brauchen wir noch eine Packung Milch.
Kannst du die bitte holen?
Da hast du Zeit zum Nachdenken.“

Igor geht zum Supermarkt.
Die Sonne scheint.
Er denkt daran, was Jochen gesagt hat.
Der Tod begleitet dich immer.
Zum Glück kann er schnell rennen.
Antje hatte viel zu kurze Beine.
Der Tod konnte sie leicht einholen.
Seine Oma ist auch schon alt.
Ja, er sollte zu Antjes Beerdigung.
Sonst weiß er nicht, wie er später Oma begraben
muss.

Vor dem Supermarkt steht die Frau mit der
Straßenzeitung.
Jack hat doch eine Zeitung von ihr gekauft?
Danach hat er Antje angefasst.

Und jetzt ist Antje tot.
Der Tod begleitet dich immer.
Also so macht der Tod das.
Der Tod sucht sich einen Körper aus.
Jetzt sitzt er gerade im Körper dieser Frau.
Igor läuft weiter, passt aber gut auf.
Die Frau darf ihn nicht anfassen.
Er macht einen großen Bogen um sie.
Im Supermarkt atmet er erleichtert auf.
Rasch holt er die Milch aus dem Regal
und geht zur Kasse.
Er wirft einen Blick nach draußen.

Auf der Straße kommt ein dünnes Mädchen
angelaufen.
Ihr Haar ist grün und steht wie eine Bürste vom
Kopf ab.
Vor der Zeitungsverkäuferin bleibt sie stehen.
Sie sagt etwas zum Tod.
Igor hat die Milch bezahlt und verlässt das
Geschäft.
„Das ist mein Platz“, sagt das dünne Mädchen zum
Tod. „Ich darf hier die Straßenzeitung verkaufen.
Dafür habe ich eine Erlaubnis. Schriftlich.“
Sie kippt ihren Rucksack aus.
Heraus fallen Zeitungen und eine Karte.
Sie hält dem Tod die Karte vor die Nase.
„Da, hier steht´s. Der Platz gehört mir.“

Der Tod sucht etwas in seinen Kleidern.
Er zieht eine Karte hervor und hält sie hoch.
Das dünne Mädchen liest, was auf der Karte steht.
„Ha, ich hab recht", ruft das Mädchen.
„Du musst in der Oststadt sein.
Hier steht´s."
Das dünne Mädchen zeigt auf die Karte.
„Du musst hier weg. Ich verkaufe hier die Zeitung."

Der Tod packt seine Sachen zusammen.
Und ruft empört: „Eine Frechheit ist das!"
Nun geht der Tod ein paar Schritte und dreht sich um.
Igor sieht den gemeinen Blick in seinen Augen.
Dann verschwindet der Tod.
Igor seufzt.
Er hat es eilig, zur Werkstatt zurückzukommen.

Ein halbes Päckchen Butter

Irene kommt spät nach Hause.
Nach der Arbeit war sie noch kurz in der Stadt.
Sie musste eine weiße Hose und ein paar T-Shirts kaufen.
Igor ist vor ihr zu Hause.
Er hat seine alten Puppen hervorgeholt.
Mit denen sitzt er auf dem Sofa.
Irene hört, wie er mit den Puppen spricht.
„Der Tod begleitet dich immer", sagt er.
Sicher kommt das von der Beerdigung, denkt Irene.
Die hat großen Eindruck auf ihn gemacht.
Eigentlich müsste sie öfter etwas mit Igor unternehmen.
Irgendwohin gehen. Einen Ausflug machen.
Seine Welt ist so klein.
Einmal pro Jahr organisiert die Werkstatt einen Ausflug.
Ansonsten ist Igor immer zu Hause.

Irene probiert die neue weiße Hose an.
Der Stoff ist weich und angenehm.
Sie wählt eines der neuen T-Shirts aus.
Es ist apfelgrün und schön ausgeschnitten.
So angezogen geht sie ins Wohnzimmer.
„Und, wie sehe ich aus?", fragt Irene.
Igor ist immer noch mit den Puppen beschäftigt.

„Wir legen abwechselnd eine Blume auf den Sarg“, sagt er zu den Puppen.
„Igor, was findest du?“, fragt Irene etwas lauter.
„Der Tod holt sich deinen Körper“, erklärt Igor.
„Das wusstest du nicht, oder?“
„Hm“, antwortet Irene.
„Das stimmt schon.“
Igor lacht.
„Aber man kann den Tod auch wegschicken. So.“
Er schnippt mit den Fingern.
„Weg mit dir.“
„Hm“, sagt Irene wieder. „Das glaube ich nicht.“
„Doch, doch“, erwidert Igor.
„Wenn der Tod in der Nähe ist, muss man das so machen.
Dann geht er wieder weg.“
Er wirft Oma einen geheimnisvollen Blick zu.
Und schnippt noch einmal mit den Fingern.

Irene schaut Igor überrascht an.
So hat er sie noch nie angesehen.
Oder hat sie nicht gut aufgepasst?
Sieht er mehr als sie denkt?
„Igor“, sagt sie vorsichtig.
„Was siehst du, wenn du mich anschaust?“
Igor hat sich wieder den Puppen zugewandt.
Wie ein großes, träges Kind.
Über seine Stirn fällt eine Locke.

Irene hat auch so eine Locke.
„Dann sehe ich einen Sonnenstrahl."
Erstaunt sagt sie: „Was hast du gesagt?"
„Dann sehe ich einen Sonnenstrahl, Oma."
Er nimmt eine Puppe in die Hand.
Er zieht einen Arm aus dem Rumpf und sagt:
„Jetzt hör mir endlich zu.
Ich hab doch gesagt, dass jeder eine Blume auf den Sarg legt."

Irene ist in der Küche.
Sie will einen Kuchen backen.
Man beginnt mit Butter, Mehl und Eiern.
Und am Ende hat man einen Kuchen.
Igor sieht also einen Sonnenstrahl, wenn er sie anschaut.
Sie muss wirklich öfter was mit ihm unternehmen, denkt Irene.
Mal ein Museum besuchen.
Oder ins Kino gehen.
Sie schneidet ein halbes Päckchen Butter klein.
Ja, das Kino ist eine gute Idee.
Und sie wird Stefan fragen, ob er mitgeht.
Igor mag Stefan sehr.

Auf der Parkbank

Igor geht jeden Tag zum Supermarkt.
Er schaut, ob der Tod wieder vor der Tür steht.
Doch der Tod ist nicht da.
Dafür sieht er das dünne Mädchen.
Jeden Tag.
Nach einer Woche winkt sie Igor.
„He, du!", ruft sie ihm zu.
Als Igor auf sie zugeht, blickt sie ihn frech an.
„Warum starrst du mich jeden Tag so an?"
Igor schweigt.
Sie fragt: „Warum machst du deinen Mund nicht auf?"
„Da drüben arbeite ich", sagt er schließlich und zeigt hinter sich.
„Oh", erwidert das Mädchen. „Und was tust du da?"
„Ich baue Wohnwagen."
„Toll", sagt sie. „Wie heißt du?"
„Igor."
„Ich heiße Lisa", antwortet sie.
„Wohnwagen, ist ja wirklich toll.
Wie groß sind die?
Kann man drin wohnen?
Kann man sie überall mitnehmen?"
„Das muss ich Jochen fragen", sagt Igor schnell.
„Ist das dein Chef?" will Lisa wissen.
Igor dreht sich um.

Es sind ihm zu viele Fragen.
„He, Igor." Lisa tippt auf seine Schulter.
„Erzählst du es mir morgen?"

Am nächsten Tag geht Igor wieder zum Supermarkt.
Er berichtet Lisa, was Jochen gesagt hat.
„Für 7.000 Euro hat man einen guten Wohnwagen.
Einen guten Gebraucht-Wohnwagen."
„Ach", bedauert Lisa. „Da muss ich noch viele
Zeitungen verkaufen."
Sie zeigt auf eine Parkbank neben ein paar
Sträuchern.
„Sollen wir uns da hinsetzen?"

Lisa geht voraus.
Die Tasche mit den Zeitungen wirft sie ins Gras.
Dann setzt sie sich auf die Bank.
Vorsichtig nimmt Igor neben ihr Platz.
„He, Igor", sagt Lisa.
Sie legt ihm die Hand aufs Bein.
„Soll ich dir meine Geschichte erzählen?"
Ohne auf seine Antwort zu warten, beginnt sie
sofort zu erzählen.
„Letztes Jahr hatte ich einen Unfall.
Mit dem Fahrrad.
Früher hab ich mit kleinen Kindern gearbeitet.
Mit Babys.
Die haben mich alle sehr gemocht.

Aber dann kam der Radunfall.
Ich bin mit dem Kopf auf die Straßenbahn-Schienen gefallen.
Jetzt habe ich eine Eisenplatte im Kopf.
Und die Babys haben Angst vor mir."

„Das ist ja schlimm", meint Igor.
Lisa schweigt und starrt vor sich hin.
Nach einiger Zeit sagt sie: „Jetzt du."
„Also so was habe ich nicht erlebt", erklärt Igor.
Er weiß nicht, was er sonst sagen soll.
Mit einem Mal springt Lisa auf.
„He, bist du immer so still?"
„Ja", antwortet Igor nur.
Lisa setzt sich wieder.
„Na ja, so schlecht ist das auch nicht."
Lisa lächelt Igor an.
„Dann weiß man nicht gleich alles.
Es ist langweilig, wenn man alles weiß."
Aha, überlegt Igor. Lisa denkt wie ich.
„Also bis morgen", sagt er schließlich.
Die Mittagspause ist sicher schon vorbei.
Igor steht auf und geht.
Lisa ruft ihm nach: „Okay, bis morgen!
Bringst du was zu essen mit?"

Zwei Stück Sachertorte

Irene sitzt bei Stefan in der Bäckerei.
Sie will ihn fragen, ob er mit ins Kino geht.
Doch Stefan ist mit Backen beschäftigt.
Seit einer halben Stunde ist sie schon da.
Aber gefragt hat sie noch nicht.
Endlich wagt sie es: „Du, Stefan, diese Woche ...“
Da klingelt das Telefon.
Stefan nimmt ab, hört kurz zu und fängt an zu reden.
Er redet und redet.
Neue Kunden betreten die Bäckerei.
Stefan legt auf.
„Zwei Stück Sachertorte“, sagt ein Mädchen.
Irene seufzt. „Na, dann geh ich mal.“
Stefan winkt ihr zu.
„Tschüs, bis bald!“, sagt er.

Als Irene nach Hause kommt, geht sie direkt in die Küche.
Kurz darauf kommt Igor in die Küche gerannt.
„Oma, ich brauch eine neue Hose!“
Irene knetet Teig und sagt: „Machen wir am Samstag.“
Aber Igor quengelt ungeduldig: „Ich brauch sie schon vorher.
Und es muss eine schöne Hose sein.“

„Am Samstag", wiederholt Irene.
Sie wird am Samstag mit Igor einkaufen gehen.
Dann wird sie bei den Ankleidekabinen warten.
Während Igor Hosen anprobiert.
Auf einmal weiß sie, was sie noch tun muss.
Es gibt eine Sache, die sie noch erledigen muss.
Bevor sie stirbt.
Eigentlich wusste sie das schon lange.
Doch sie wollte es nicht zugeben.
Weil sie sich zu sehr schämte.

250 Gramm Rosinen

Jeden Tag geht Igor zum Supermarkt.
Dort trifft er sich mit Lisa.
Sie redet die ganze Zeit und isst seine Brote.
Einfach ruhig dasitzen kann sie nicht.
„Deshalb bin ich so dünn", sagt sie.
„Aber du könntest dich etwas mehr bewegen.
Gut, dass ich deine Brote esse."
Sie muss laut darüber lachen.
Igor gefällt der Witz nicht.
Am nächsten Tag geht er nicht zum Supermarkt.
Stattdessen isst er seine Brote selbst.
Viertel nach vier verlässt er die Werkstatt.
An der Tür wartet Lisa auf ihn.
„Mein Bus kommt gleich", murmelt er.
Lisa drückt ihm etwas in die Hand.
„Hier, das ist für dich", sagt sie.
Dann gibt sie ihm einen Kuss auf die Wange.
„Bis morgen, ja?"
Und weg ist sie.

Igor fährt sich mit der Hand über die Wange.
Langsam geht er hinüber zum Bus.
„Soso", sagt der Busfahrer zu Igor.
„Wer war das?
Hast du eine Freundin?"
Igor weiß nicht, was er antworten soll.

„Wie heißt sie denn?“, fragt der Fahrer weiter.
„Lisa“, antwortet Igor.
„Ein schöner Name und ein nettes Mädchen.
Das hast du gut gemacht.“
Igor denkt nach. Er hat also eine Freundin.
Vorsichtig öffnet er die Finger seiner Hand.
Da liegt eine blaue Figur mit einer weißen Mütze.
Ein Schlumpf.

Zu Hause geht Igor auf sein Zimmer.
Dort stellt er den Schlumpf neben seine Puppen.
Er hat ein eigenes Zimmer.
Lisa hatte nie ein eigenes Zimmer.
Sie musste sich das Zimmer mit ihren beiden Schwestern teilen.
Bevor sie von zu Hause weglief.
Lisas Eltern sind Bauern.
Sie haben Hühner.
Und die Eltern denken immer nur an die Hühner.
Für Lisa hatten sie keine Zeit.
Deshalb ist Lisa von zu Hause weggelaufen.
Sie will nie wieder zurück.
„Dort gehe ich ein“, hat sie zu Igor gesagt.
Morgen muss er ihr die Frage stellen.
Er ist gespannt, was sie antwortet.

Da ruft ihn seine Oma. Sie hat einen Kuchen mit Schokolade und Rosinen gemacht.

Igor setzt sich an den Tisch und beginnt zu essen.
„Sag mal, Igor, was weißt du noch von deiner Mutter?“
Igor nimmt sich ein zweites Stück Kuchen.
Als er nichts sagt, fragt sie wieder:
„Kannst du dich noch an deine Mutter erinnern?
Du warst so klein, als du zu mir gezogen bist.
Ich will sie finden.
Damit sie ihren großen Sohn sehen kann.
Wie findest du das?“
Was soll ich denn mit einer Mutter, denkt Igor.

Am nächsten Tag geht Igor wieder zum Supermarkt.
Lisa sitzt schon auf der Bank in der Sonne.
Heute hat sie einen kurzen Rock an.
Ihre Beine sind weiß und dünn.
Sie trägt Schuhe mit dicken Sohlen.
„Und, gefällt dir mein Schlumpf?“, fragt sie.
Igor nickt zustimmend mit dem Kopf.
„Das hab ich mir gedacht“, sagt Lisa.
„Wir haben denselben Geschmack.
Wir verstehen uns.“
Igor denkt daran, dass er Lisa etwas fragen will.
„Weißt du, was eine Giraffe ist?“
Lisa nickt. „Das ist ein langer Pfahl mit Flecken.“
Ein langer Pfahl mit Flecken.
Igor muss eine Weile über diese Antwort nachdenken.

Auf einmal springt Lisa auf.
„Steh mal auf."
Igor steht auf.
Lisa schlingt die Arme um Igors Hals.
„Los, heb mich hoch und lass mich im Kreis fliegen."
Igor hebt sie mühelos hoch.
„Und jetzt drehen", befiehlt sie.
Igor dreht sich im Kreis, während sich Lisa an ihm festhält. Sie kreischt vor Vergnügen.
Dann lässt sie ihn los und fällt ins Gras.
„Mensch", sagt Lisa, „du bist wirklich stark!"

Sie setzen sich wieder auf die Bank.
„Babys mögen das auch", erklärt Lisa.
Wenn man sie im Kreis fliegen lässt. Wie Vögel."
Sie wedelt mit den Armen wie ein Vogel.
Es sieht lustig aus und Igor muss lachen.
„Wie Vögel?", fragt er.
„Aber Babys sind doch erst Fische?"
„Wie kommst du denn darauf?", will Lisa wissen.
Igor denkt an Bärbel.
Bärbel wusste alles über Babys.
Babys sind zuerst Fische. Sie sind keine Vögel.
Wenn Bärbel nur hier wäre.
Sie könnte Lisa sicher helfen.

Lisa schweigt einige Zeit. Plötzlich schaut sie Igor an und fragt: „Du, kann ich bei dir wohnen?"

Igor erschrickt. „Schläfst du dann in meinem Zimmer?“
„Ich kann doch auf dem Sofa schlafen“, schlägt Lisa vor.
„Da muss ich erst mal zu Hause fragen“, murmelt Igor.
„Bitte, Igor“, sagt Lisa.
„Und ich kann im Haushalt helfen.
Ich kann abwaschen und saubermachen.“
Igor schaut Lisa an.
Wenn Bärbel nur hier wäre, denkt er wieder.
Doch Bärbel wohnt weit weg.
Auf einmal hat Igor eine Idee.
Eine ganz tolle Idee, findet er.
Lisa hat Glück, dass sie seine Freundin ist.

Käse und Marmelade

Irene ist schon früh wach. Igor schläft noch.
Unter der Dusche denkt sie über ihren Plan nach.
Sie will Nora suchen.
Aber wie soll sie das anstellen?
Eine Suchanzeige aufgeben?
Oder soll sie zur Polizei gehen?
„Oma!“, ruft Igor. „Ich bin schon in der Küche!“
Schnell zieht sich Irene an.
„Oma!“
„Ich komm ja schon!“
Igor sitzt ungeduldig am Tisch.
Er hat zwei Teller hingestellt.
Irene holt Butter, Käse und Marmelade
aus dem Kühlschrank.
„Oma, ich brauch mein Taschengeld.“
„Ja, gleich“, sagt sie.

Da merkt sie, dass kein Brot mehr im Haus ist.
Ach wie dumm.
Igor isst in letzter Zeit immer mehr.
Doppelt so viel wie sie selbst.
Zum Glück hat sie noch etwas Schokoladenkuchen.
Rasch schneidet sie zwei Stücke ab.
Die legt sie auf Igors Teller.
„Du hast deine neue Hose an“, bemerkt Irene.
„Steht dir gut.“

Igor wiegt den Kopf schnell hin und her.
„Du hast mir mein Taschengeld noch nicht gegeben."
Irene greift zu ihrer Handtasche.
Wenn sie es ihm jetzt gibt, ist er zumindest ruhig.
„Brauchst du das Geld dringend?", fragt Irene.
„Ja", sagt Igor mit vollem Mund.
„Ich will mit Lisa etwas unternehmen."
„Lisa? Wer ist Lisa?", fragt Irene überrascht.
„Meine Freundin."
„Aha", antwortet Irene.
„Das wusste ich nicht.
Arbeitet sie auch in der Werkstatt?"
„Nein."
„Woher kennst du sie dann?", erkundigt sich Irene.
„Vom Supermarkt."
„Erzähl doch mal, wie das war", ermuntert sie Igor.
„Du hast sie also im Supermarkt getroffen.
Habt ihr miteinander geredet?"
„Ja, natürlich.
Wie soll ich sonst wissen, wie sie heißt."

Auf einmal wird Irene einiges klar.
Darum wollte er eine neue Hose.
Er kennt Lisa also schon eine Weile.
„Weiß Lisa, dass du mit ihr ausgehen willst?"
Igor lacht. „Nein, natürlich nicht!
Ich will sie doch überraschen!"

„Und weißt du, was ihr gefällt?"
„Ja", sagt Igor entschlossen.
„Erzählst du mir, was ihr gefällt?", fragt Irene.
Igor steht auf. Er ist fertig mit dem Frühstück.
„Du weißt doch nichts von Babys, Oma.
Dafür bist du zu alt."
Babys also. Was soll sie denn davon halten?
„Bringst du sie mal mit nach Hause?",
ruft sie Igor nach.
„Ich möchte sie gern kennenlernen."
Igor gibt keine Antwort.
Irene zögert und öffnet noch einmal ihren
Geldbeutel.
Sie nimmt einen weiteren Geldschein heraus und
legt ihn zu Igors Taschengeld.
Das müsste genug sein für einen Ausflug mit Lisa.

Honig

Igor erzählt Jack auf der Arbeit, dass er einen freien Tag will.
„Das ist in Ordnung, Igor“, meint Jack.
„Hast du etwas vor?“
„Ich will Bärbel besuchen“, sagt Igor. „Zusammen mit Lisa.“
„Schön“, antwortet Jack.
„Das ist eine gute Idee.“
Jack schaut nach, wie sie fahren müssen.
Er schreibt alles genau auf einen Zettel.
Jack kauft sogar die Fahrkarten für ihn und Lisa.
„Gute Reise!“, sagt Jack zum Schluss.
„Und grüße Bärbel schön von uns.“

Igor macht sich auf den Weg zum Supermarkt.
Jetzt muss Lisa nur noch einverstanden sein.
Viel früher als sonst steht er vor dem Supermarkt.
Lisa strahlt, als sie ihn sieht.
Seine Idee mit dem Ausflug gefällt ihr.
„Wohin gehen wir?“, fragt sie.
„Das ist eine Überraschung“, antwortet Igor.

Gemeinsam gehen sie zum Bahnhof.
Igor greift in seine Hosentasche.
Darin stecken die Zugtickets und Jacks Zettel.
Und sein Taschengeld natürlich.

Auf einer Anzeigetafel steht, dass der Zug
von Gleis 3 abfährt.
„Was haben wir eigentlich vor?", fragt Lisa.
Sie schlingt die Arme um seinen Hals.
Ihr Gesicht ist seinem Gesicht jetzt ganz nah.
Igor kann sich in ihren Augen sehen.
Als ob er in Lisas Kopf drinnen ist.
„Das ist eine Überraschung", wiederholt er.
„Okay", meint Lisa.
Sie hakt sich bei ihm ein.
Erneut untersucht er seine Hosentasche.
Alles ist noch da.

In Tübingen müssen sie aussteigen.
Nun geht es mit dem Bus weiter.
Lisa setzt sich auf die Bank an der Bushaltestelle.
„Es ist eine ziemlich lange Reise", seufzt sie.
Dann schaut sie zu Igor.
„Sag mal, hast du deine Mutter gefragt?
Ob ich bei dir schlafen darf?"
Igor liest gerade noch einmal Jacks Zettel.
Er wiegt den Kopf schnell hin und her.
„Warum machst du das denn?", fragt Lisa.
„Schwierig, schwierig", bringt Igor heraus.
Lisa springt auf.
Sie nimmt sein Gesicht in beide Hände.
„Ach, Igor, das denke ich auch oft", sagt sie.

Da ist der Bus.
„Komm“, sagt Lisa.
„Bleib ganz ruhig.
Dann wird alles gut.“
Sie setzen sich hinten in den Bus.
Danach fängt Lisa wieder an: „Hast du deine Mutter gefragt?“
„Das geht nicht“, sagt Igor.
Er erklärt, dass seine Mutter nicht da ist.
„Deshalb wohne ich bei meiner Oma.
Die sagt sicher ...“
Lisa schlägt heftig mit der Hand auf die Stuhllehne vor ihr.
„Du wohnst wirklich bei deiner Oma?
Und deine Mutter?
Ist die nicht für dich da?
Oh Igor, das ist ja schlimm.“
Auf einmal hat Lisa Tränen in den Augen.
„Igor, wir kennen uns doch schon einige Zeit.
Und du hast mir nie etwas davon erzählt.
Schämst du dich für deine Mutter?
Du kannst doch nichts dafür.“

Igor nickt.
Er schlägt auch auf die Lehne.
„Wir müssen meine Mutter suchen, sagt Oma.“
„Also das finde ich doof“, meint Lisa.
„Deine Mutter weiß doch, wo du bist.

Sie kann dich doch besuchen, wenn sie will."
„Aber das hat sie nie getan. Sie ist …"
„Ahornweg", ruft der Busfahrer.
Hier müssen Igor und Lisa aussteigen.

Sie stehen auf der Straße und schauen sich um.
Es muss in der Nähe sein.
Igor blickt nach links und nach rechts.
Die Sonne scheint ihm voll ins Gesicht.
Alles wird Rot und Weiß. Bärbels Farben.
Dahin müssen sie gehen.
Lisa hängt an seinem Arm.
„Igor, wann sind wir endlich da?"
Da denkt Igor an seine Oma.
Sie weiß nicht, wo er ist.
Wie soll sie ihn finden, wenn etwas passiert?
Plötzlich stehen sie vor dem Haus.
Es sieht genauso aus wie auf der Karte von Bärbel.

Igor versucht die Tür zum Laden zu öffnen.
Sie ist verschlossen.
Er schaut durchs Fenster.
Auf dem Tresen stehen Gläser mit Honig.
Lisa geht um das Haus herum.
Sie verschwindet zwischen den hohen Sträuchern.
Igor folgt ihr rasch.
Natürlich! Bei diesem schönen Wetter sitzen sie im Garten!

Bärbel, ihr Bruder, seine Frau Greta und die Babys.
Doch auch im Garten ist niemand.
„Sie sind sicher schwimmen gegangen“, sagt Lisa.
Igor schaut sich um.
Alles sieht genauso aus, wie Bärbel es ihm geschildert hat.
„Sag mal, Igor, wissen die Leute, dass du kommst?“, fragt Lisa.
„Kannst du sie nicht anrufen?“
Igor lässt den Kopf hängen. „Nein“, sagt er.
„Was? Hast du kein Handy?
Nicht besonders praktisch.
Warum sind wir eigentlich hier?
Wer wohnt denn in dem Haus?“
„Sie haben Bienen“, sagt Igor.
Lisas Augen weiten sich.
„Auweia. Bienen. Dann nichts wie weg hier.
Wenn die uns stechen.
Wir kommen ein anderes Mal wieder.
Oder hast du hier noch mehr Freunde?“
Igor schüttelt den Kopf.
Lisa fällt ihm um den Hals.
„Ach, ist doch egal.
Du hast ja mich?
Komm, wir gehen.“

Igor will lieber beim Haus warten.
Doch Lisa hat eine Wiese entdeckt.

Sie läuft quer durchs Gebüsch und überquert einen Radweg.
„Da drüben ist es schön!“
Sie zeigt mit dem Finger hinüber zu einer Wiese.
Die Wiese grenzt an einen kleinen See.
Am Ufer sitzen viele Menschen.
Lisa sieht eine Stelle unter einem Baum.
„Komm, da setzen wir uns hin.
Hier im Schatten ist es schön kühl.“
Auf einmal bleibt Lisa stehen.
Eine schwarze Wolke hat sich vor die Sonne geschoben.
Nun ist es plötzlich gar nicht mehr sonnig.
Die anderen Menschen schauen zum Himmel.
Gibt es ein Gewitter?
Einer nach dem anderen steht auf und packt seine Sachen.

„Du, Igor, schau mal.“
Lisa zeigt auf etwas im Gras.
Vor ihr liegt ein Baby auf einer Decke.
Das Baby strampelt mit den Armen und Beinen.
Lisa bückt sich und hebt das Baby hoch.
Es ist ein Mädchen.
„Du armes Kleines.
Warum liegst du hier so allein?
Wo sind denn deine Eltern?“
Igor sagt ängstlich: „Lisa, lass das doch.“

„Wieso?“, erwidert Lisa scharf.
„Siehst du die Mutter irgendwo?“

Igor schaut sich um.
Überall sind Menschen.
Sie packen ihre Sachen zusammen und rufen ihre Kinder.
Niemand beachtet Lisa mit dem Baby.
„Man hat das Baby hier zurückgelassen“, sagt sie.
„Die Mutter will das Baby nicht mehr.
Genau wie deine Mutter damals.
Hier, du nimmst meinen Rucksack.
Dann trage ich das Baby.“
Kurze Zeit später sind sie wieder auf dem Ahornweg.
Lisa hat das Baby im Arm.
Igor trägt ihren Rucksack.
„Schnell“, ruft Lisa. „Da kommt der Bus!“
Lisa rennt voraus und Igor hinterher.
Sie steigen in den Bus.
In diesem Moment fängt es an zu regnen.

Das Baby sitzt auf Lisas Schoß.
Lisa hält die Händchen des Babys
und klatscht mit ihnen.
„Was meinst du?“, sagt sie zu Igor.
„Wie sollen wir sie nennen?“
Igor schaut das Baby an und denkt nach.

„Bärbel“, sagt er schließlich.
„Gut“, sagt Lisa. „Hast du ein belegtes Brot für mich?
Hoffentlich hast du viel Geld dabei.
Wir brauchen eine Menge für das Baby.
Windeln, Babykleider, Fläschchen.
Und einen Schnuller und ein Bettchen.“
Sie lässt das Baby auf ihren Knien tanzen.
„Ist das nicht toll?“, sagt Lisa.
„Fast wie im wirklichen Leben.“

Teil 3

Das gestohlene Baby

Irene kann es kaum abwarten.
Bis sie alles ihrer Kollegin erzählen kann.
Nichts ist mehr wie sonst.
Zunächst hatte sie sich gestern Sorgen gemacht.
Igor war nicht zur gewohnten Zeit zurückgekommen.
War er vielleicht mit Lisa irgendwohin gefahren?
Endlich kam er nach Hause. Aber nicht allein.
Er hatte Lisa und ein Baby bei sich.
Lisa erzählte eine lange Geschichte.
Irene wurde nicht schlau daraus.
Obdachlos, ein Unfall mit dem Rad.

Lisa kann gut mit dem Baby umgehen.
Als Mutter ist sie allerdings noch sehr jung.
Doch was soll Irene dazu sagen?
Sie hat ja selbst mit 16 ein Kind bekommen.
Eigentlich will sie zu Lisa sagen: Geh nach Hause.
Deine Eltern werden dir helfen. Bestimmt.
Aber sie schickt das Mädchen nicht weg.
Das kann sie Igor nicht antun.
Lisa scheint wirklich nett zu sein.
Heute Morgen beim Frühstück war sie sehr fröhlich.

Endlich ist ihre Kollegin da. Bevor Irene etwas sagen kann, beginnt die Kollegin zu reden:
„Hast du die Zeitung gelesen?

Das mit dem gestohlenen Baby. Schrecklich.
So etwas ist doch furchtbar für die Eltern."
„Was ist los?", erkundigt sich Irene.
„Das gestohlene Baby", wiederholt ihre Kollegin.
„Hast du nichts gelesen?
Auch keine Nachrichten gehört?"
„Nein", sagt Irene. „Gestern Abend kam Igor ..."

Die Kollegin lässt Irene nicht ausreden.
„Jemand hat ein Baby gestohlen.
Die Eltern hatten es kurz aus den Augen gelassen.
Und weg war es.
Stell dir das doch mal vor!
Was für ein Drama."
„Bei mir zu Hause gibt es auch ein Drama",
antwortet Irene.
„Gestern kam Igor mit seiner neuen Freundin.
Und mit ihrem Kind.
Es ist noch ganz klein.
Ein süßes kleines Baby.
Bärbel heißt es.
Sie wollen alle bei mir wohnen."

„Mensch, Irene", sagt ihre Kollegin.
„Warum soll das ein Drama sein?
Das ist doch schön.
Auch für Igor.
Freu dich doch, dass er jemanden gefunden hat."

„Ja, aber das Baby ...", wirft Irene ein.
„Sei froh, dass sie ihr Baby noch hat",
sagt die Kollegin.
„Das Mädchen soll gut auf das Kind aufpassen.
Sonst wird es auch noch entführt.
Wie die kleine Jule aus der Zeitung."

Ihre Kollegin erzählt Einzelheiten von der
Entführung.
„Die Eltern waren bei einem Picknick in einem Park.
Mit vielen Freunden.
Und mit den kleinen Kindern ihrer Freunde.
Plötzlich kamen Gewitterwolken.
Alle packten schnell ihre Sachen.
Der Vater dachte, die Mutter hätte das Kind
mitgenommen.
Und die Mutter dachte, dass der Vater das Kind hat.

Dann stellten sie fest, dass das Baby weg war.
Sie sind sofort zur Polizei gegangen.
Es sind ganz normale Menschen.
Sie wohnen in einem einfachen Haus.
Im Garten halten sie Bienen. Und sie verkaufen
Honig. Also um Lösegeld kann es sich nicht handeln.
Wer macht denn so was?"

Irene muss an Igor und Lisa denken.
Stimmt es, dass Lisa obdachlos ist?

Vielleicht ist das gar nicht wahr.
Vielleicht darf sie nicht alles wörtlich nehmen,
was Lisa sagt.
Vielleicht will das Mädchen ja nur weg vom Vater
des Kindes.
Lisa ist ein Mensch, der tut, was er will.
Ohne groß darüber nachzudenken.
Das ist Irene bereits aufgefallen.
Ob Lisa nur Igor ausnutzt?

Halt, sagt Irene zu sich selbst.
Warum sollte sich Lisa nicht in Igor verliebt haben?
Igor ist doch etwas Besonderes.
Und wenn die beiden zusammen sind, kann Irene
ihr eigenes Leben führen.
Davon hat sie immer geträumt.

Käsekuchen

Jack fragt Igor, wie sein freier Tag war.
„Wie geht es Bärbel?"
„Sie war nicht zu Hause", sagt Igor.
„Oh", erwidert Jack. „Das ist aber schade.
Was habt ihr dann gemacht?"
„Wir sind spazieren gegangen", antwortet Igor.
„Und habt ihr noch etwas Schönes erlebt?",
erkundigt sich Jack.
„Ja", sagt Igor.
Jack lacht und schlägt ihm auf die Schulter.
„Das freut mich."
Igor macht sich an die Arbeit.
In der Pause geht er in die Kantine.
An der Türschwelle bleibt er erstaunt stehen.
Er war nur einen Tag weg.
Trotzdem hat sich etwas verändert.
In der Ecke steht ein Flipper-Automat.

„Du darfst heute als Erster spielen", sagt Jack.
„Die anderen konnten es gestern schon
ausprobieren."
Igor krempelt seine Ärmel hoch.
Peng, da ist die erste Kugel.
Mit voller Wucht betätigt Igor den linken und den
rechten Knopf.
Alle Lichter des Automaten blinken.

Durch Igors Schläge erzittert der ganze Flipper-Kasten.
Die Kugel ist immer noch im Spiel.
Ra-ta-ta-ta-ta, Igor rammt links.
Rang-pang-pang, Igor rammt rechts.
Bäng-bäng-bäng. Inzwischen hat er über 6.000 Punkte.
Und kurz darauf sind es fast acht Millionen.
Draufhauen, immer härter und härter.

Jemand packt ihn im Genick.
„He, Igor. Nicht übertreiben."
Igor fühlt sich auf einmal schlapp und leer.
Jack gibt ihm einen Schubs.
„Nächstes Mal gehst du es etwas ruhiger an, okay?
Aber du hast Talent, Igor.
Du bist wirklich gut."
Igor macht sich wieder an die Arbeit.
Dabei schaut er sich in der Werkstatt um.
Alles scheint wie immer zu sein.
Doch das stimmt nicht.
Er ist anders. Er ist ein Flipper-Talent.

Auf dem Heimweg hört er in seinem Kopf
Jubelschreie: I-gor, I-gor.
Seht her, denkt er.
Ich bin Igor! Ich bin Weltmeister am
Flipper-Automat!

Auf einmal steht Lisa vor ihm.
„Igor, hilf mir mal."
Er bleibt stehen.
Lisa schiebt den Kinderwagen vor seine Füße.
Dann drückt sie ihm ein großes Paket in die Hände.
„Nimm das. Und den Wagen.
Ich trage Bärbel."
Lisa nimmt das Baby hoch.
Den Kinderwagen überlässt sie Igor.
Oma hat gestern nichts wegen Bärbel gesagt.
Also hat Lisa doch recht:
Was man ehrlich findet, darf man behalten.

Lisa sagt: „Heute hab ich viele Windeln gebraucht.
Siebenmal gepinkelt und zweimal ein großes
Geschäft."
Bärbel macht Geräusche.
„Oh je", sagt Lisa.
„Los, Igor, schnell nach Hause.
Ich glaub, das ist wieder etwas Größeres."
„Bäh, das ist ja eklig", sagt Igor und verzieht
das Gesicht.
Lisa hält Bärbel hoch.
„Hast du das gehört, Bärbel?
Eklig hat er gesagt.
Das ist gemein, nicht?"
Sie drückt Bärbels Popo in Igors Gesicht.
Er macht rechtzeitig einen Schritt rückwärts.

Das will er nicht.
Er will jetzt heim. Zu Oma.
Er will, dass sie Lisa und Bärbel wegschickt.

„Ich will nach Hause“, sagt er zu Lisa.
„Okay“, antwortet Lisa.
„Das war doch lustig, oder?“
Sie hält Bärbel fest auf dem Arm.
Igor rennt vor Lisa her.
Hinter seinem Rücken redet Lisa weiter.
„Das finde ich so schön an uns, Igor.
Wir haben immer Spaß zusammen.
Deshalb mag ich dich.
Das hab ich vorher auch deiner Oma gesagt.“
An der Haustür lässt Igor Paket und Tasche auf den Boden fallen.
Wo ist nur sein Schlüssel?
Er gerät in Panik und drückt auf die Klingel.

Lisa steht bereits wieder neben ihm.
„Und weißt du, was deine Oma gesagt hat?“
Sie legt ihre Arme um seinen Hals und schmiegt sich an ihn.
„Dass mich der Himmel geschickt hat!
So was hat noch keiner zu mir gesagt.
Und das alles wegen dir, Igor.
Das hab ich dir zu verdanken.“
Die Tür geht auf.

„Oma ...“, fängt Igor an und zeigt auf Lisa und Bärbel.
„Aha, da seid ihr ja!“, sagt Oma.
„Kommt schnell rein.“

Igor sitzt auf dem Sofa.
Auf seinem Schoß liegt Bärbel.
Sie hat eine saubere Windel um.
Lisa und Oma sind in der Küche.
Er hört sie lachen und reden.
„Heute Abend gibt es Käsekuchen“, sagt Oma.
„Willst du die Eier schlagen, Lisa?“
„Essen wir keine Kartoffeln mit Fleisch und Gemüse oder so?“, fragt Lisa.
„Nein“, antwortet Oma.
„Igor mag Süßes.
Er bekommt seit Jahren nur Süßes.“
„Oh“, murmelt Lisa.
„Deshalb ist er so dick.“
Igor geht mit Bärbel in die Küche.
„Ich kann hören, was ihr redet“, ruft Igor wütend.
Beide drehen sich um und schauen ihn an.
Da sagt Lisa: „20 Kilo weniger wären schön, oder nicht?“

Eine Scheibe Brot

Bärbel trinkt, schläft, lacht und ist zufrieden.
Probleme macht sie keine.
Aber viel Arbeit ist es schon.
Morgens gibt ihr Irene die erste Flasche.
Lisa kann nicht so früh aufstehen.
Sie muss viel Schlaf nachholen, sagt sie.
Im Heim für Obdachlose konnte sie nicht schlafen.
Zu viel Lärm.
Außerdem wurde man bestohlen, wenn man nicht aufpasste.
Davon abgesehen weiß Irene noch wenig von Lisa.
Sie erzählt sonst nichts von sich.

Vorsichtig öffnet Irene die Tür zu Igors Schlafzimmer.
Ganz am Anfang schlief Lisa auf dem Sofa.
Doch das war schnell vorbei.
Jetzt schlafen sie beide in Igors Bett.
Nackte Arme und Beine ragen aus dem Bett heraus.
Die Bettdecke liegt halb auf dem Boden.
Irene schaut rasch weg. Sie beugt sich über die Wiege. „Guten Morgen, Bärbel", flüstert sie.
Sie nimmt die Kleine heraus und verlässt leise das Schlafzimmer.

Bärbel öffnet die Augen.
Ihr Gesicht verzieht sich.

Sie fängt an zu weinen.
„Ach“, sagt Irene. „Hast heute gar keine Lust, was?
Ich eigentlich auch nicht.
Jeden Tag kümmre ich mich um dich.
Meine eigene Tochter dagegen …“
Halt.
Sie geht mit Bärbel ins Wohnzimmer.
Dort schaltet sie den Fernseher ein.
Gerade kommen die Nachrichten.
Der Nachrichtensprecher sagt:
„Es ist unwahrscheinlich, dass Jule noch gefunden wird.
Das Baby wird seit über einer Woche vermisst.
Man befürchtet das Schlimmste.
Alle Eltern sollen extra vorsichtig sein.
Kinder sollten ständig beaufsichtigt werden.“

Irene schaut Bärbel an, die auf ihrem Schoß sitzt.
Die arme Mutter des verschwundenen Babys.
Sie wurde fast verrückt, als ihre 16-jährige Tochter verschwand.
Wie schlimm muss es sein, wenn ein kleines Baby weg ist?
Seine Mutter wird sehr verzweifelt sein.
Bärbel hat ihr Fläschchen leer getrunken.
Irene wischt ihr den Mund ab.
Sie nimmt das Kind auf den Arm.
Dann geht sie ein paar Schritte durchs Zimmer.

Rasch macht Bärbel das erste Bäuerchen.
„Da kann ich dich gleich wieder in die Wiege legen“, sagt sie.
Während sie mit dem Kind beschäftigt ist, denkt sie:
Komisch, dass man sich so schnell an etwas Neues gewöhnt.
Die Dinge ändern sich, und man gewöhnt sich daran.
Doch dadurch vergisst man andere Dinge.

Letzte Woche hatte sie Pläne.
Sie wollte ihre Tochter Nora suchen.
Will sie das immer noch?
Sie sieht Lisa jetzt jeden Tag.
Und Lisa scheint ihre Mutter nicht zu vermissen.
Nora rechnet sicher auch nicht mit ihrer Mutter.
Fast 25 Jahre ist Nora schon weg.
Seitdem hat sie nie mehr von ihrer Tochter gehört.
Das kann nur eins heißen:
Für Nora gibt es Irene nicht mehr.

Lisa beschmiert eine Scheibe Brot mit Marmelade.
Sie schaut ein wenig traurig drein.
„Ist was, Lisa?“, fragt Irene.
„Ich hab kein Geld mehr“, meint Lisa.
„Früher habe ich die Straßenzeitung verkauft.
Damit hab ich nicht viel verdient, aber immerhin.“
„Hast du das lange gemacht?“, fragt Irene.

„Eine Weile“, meint Lisa.
„Aber jetzt wohne ich hier.
Ich kann das jetzt nicht mehr machen.
Das wäre nicht in Ordnung.“
„Nein, das ist wahr“, gibt Irene zu.
„Aber es gibt doch noch andere Arbeit.
Wir können bei Stefan nachfragen.
Vielleicht hat er eine Arbeit für dich.“
„Stefan?“, fragt Lisa. „Wer ist das?“

Irene gibt keine Antwort.
Da kommt Igor herein. Er setzt sich.
„Guten Morgen!“, ruft Lisa.
Igor brummt etwas Unverständliches.
„Er ist heute Morgen ein bisschen mürrisch“, sagt Lisa.
„Nein, Igor, keine Schokocreme.
Und nur eine Scheibe Brot.“
Lisa erhebt sich von ihrem Stuhl.
„Bärbel weint. Ich schau mal nach ihr.
Deine Oma passt auf, was du isst.“
Dann verlässt Lisa das Zimmer.
Igor schaut seine Oma hoffnungsvoll an.
„Ich muss kurz in die Küche“, sagt Irene.
Sie steht auf.

In der Küche wird ihr bewusst, wie komisch die Situation ist.

Irene muss laut lachen.
Nach einer Weile geht sie zurück ins Esszimmer.
Dort sitzt Igor vor einem leeren Teller.
„Wisch dir den Mund ab, Igor“, sagt Irene sanft.
„Heute Abend gehen wir zu Stefan.
Wir fragen ihn, ob er Arbeit für Lisa hat.
Und dann nehmen wir was Leckeres mit nach Hause.“

Äpfel

Igor ist froh, wenn ein normaler Wochentag ist.
Dann kann er in die Werkstatt gehen.
Es gibt dort viel zu tun.
Und in der Pause flippert er.
Er hat schon ein paar Mal Theos Pausenbrot gewonnen.
Das schmeckt ihm besser als die Äpfel von zu Hause.
Doch am Wochenende hat er nichts zu tun.
Dafür ist das Wochenende da, sagt seine Oma.
Zum Ausruhen und zum Nichtstun.
Doch Lisa ist anderer Meinung.
Samstags will sie in die Stadt und einkaufen.
Heute gehen sie zu einem Juwelier.
Sie zeigt mit einer Hand auf ein Paar Ohrringe im Schaufenster.
„Kaufst du mir die, Igor?"
Mit der anderen Hand schiebt sie den Kinderwagen hin und her.
Bärbel sieht zufrieden aus.

Lisa schubst Igor mit der Hüfte.
„Igor, bitte, bitte.
Dann machen wir heute Nacht etwas Schönes."
Bei diesem Gedanken passiert alles Mögliche in Igors Körper.
Er fühlt sich wie ein Flipper-Automat.

Am besten gefällt es ihm, wenn Lisa an ihm saugt.
Oder wenn sie auf ihm sitzt. Das ist ein tolles Gefühl.
Er schaut sich die Ohrringe im Schaufenster an.
Sie kosten fast 80 Euro.
„Und?", bettelt Lisa. „Krieg ich die Ohrringe?"

„Ach, das ist ja ein liebes Kind", sagt eine Stimme.
Igor und Lisa drehen sich mit einem Ruck um.
Eine ältere Frau ergreift Bärbels Hand.
„Erst ein paar Monate alt, oder?
Ist es ein Junge oder ein Mädchen?"
„Ein Junge", antwortet Lisa.
Sie zieht den Kinderwagen schnell zu sich heran.
Die Frau sagt: „Ich will dem Kind nichts tun.
Aber ich verstehe Sie.
Alle Leute mit einem Baby passen jetzt gut auf."
Die Frau geht weiter.
„Bärbel ist doch ein Mädchen?", meint Igor.
„Ja", sagt Lisa. „Aber denk mal gut nach, Igor."
Igor hält den Mund.

Lisa wendet sich wieder den Ohrringen zu.
„Schenkst du mir die Ohrringe?"
Igor zögert: „Du verdienst doch Geld."
Lisa arbeitet drei Mal in der Woche bei Stefan.
Sie hilft ihm in der Bäckerei.
Dann passt Oma auf Bärbel auf.

„Ja, schon“, sagt Lisa, „aber das ist Schwarzgeld.“
Überrascht schaut Igor sie an.
Was hat das damit zu tun?
Doch Lisa hat schon den Laden des Juweliers betreten.
„Mein Mann will gern die Ohrringe für mich kaufen.“
Igor lacht. Er war noch nie der Mann von jemand.
Aber es gibt ihm ein gutes Gefühl.

Eine Tasse Kaffee

„Irene?“ Stefan schaut überrascht auf.
„Ich komme heute anstelle von Lisa“, sagt sie.
„Sie fühlt sich nicht so wohl.“
„Aber du hast doch schon seit morgens früh gearbeitet?“, meint Stefan.
„Ja, schon, aber sonst musst du alles allein machen.
Sag mir einfach, was ich tun soll.“
Stefan wischt sich die Hände ab.
„Du gehst schön wieder nach Hause“, sagt er.
„Aber erst trinkst du eine Tasse Kaffee.“
Irene setzt sich auf einen Stuhl.
„Jetzt, wo Igor mit Lisa …“, fängt sie an.
„… hast du Zeit für andere Dinge“, beendet Stefan ihren Satz.
„Ich bin auf der Suche nach meiner Tochter“, sagt sie.
Sie nimmt einen Schluck Kaffee.
„Wann hast du sie zum letzten Mal gesehen?“, erkundigt sich Stefan.
„Als Igor fünf war …“
Darauf sagt Stefan: „Vielleicht ist sie vor Igor davongelaufen.
Und nicht vor dir.
Es ist ziemlich schwer, ein Kind wie Igor großzuziehen.“
„Ich weiß“, sagt Irene.
„Aber das war es nicht.

Sie lief weg, als sie 16 war.
Damals hatte sie Igor noch nicht."

„Das ist lange her", meint Stefan.
Ja, denkt Irene. 25 Jahre.
„Zuerst habe ich angenommen, dass sie wiederkommt.
Ich war mit 16 auch von zu Hause weggelaufen.
Aber ich bin zurückgekommen.
Ich hab geglaubt, sie steht eines Tages vor meiner Tür. Aber ich habe sie nie wiedergesehen.
Niemand wusste, wo sie war.
Man hat sie und ihren kleinen Sohn erst später gefunden. Igor war ganz verwahrlost.
Da hat man das Kind mir gebracht."

Stefan nickt.
„Erwarte nicht zu viel, Irene", sagt er sanft.
Irene greift nach ihrer Handtasche.
„Ich geh wieder. Und vielen Dank für den Kaffee."
„Grüße Lisa und Igor von mir", sagt Stefan.
„Kommt Lisa diese Woche noch?"
Irene zuckt mit den Schultern.
„Ich weiß nicht. Ich ruf dich noch an."
Sie ist schon fast draußen, als Stefan hinter ihr herkommt.
„Ich glaube nicht, dass Lisa bei euch bleibt, Irene.
Sie will nur eins: nach Hause, zu ihrer Mutter."

Butterkekse

Das Geld, das Igor verdient, ist jetzt schnell weg.
Für neue Babykleider, für Bärbel.
Denn Bärbel wächst schnell.
Lisa gibt ihr so viel zu essen, wie sie will.
Er dagegen darf nur Äpfel essen.
Und abends Blumenkohl oder anderes Gemüse.

Doch er hat eine Idee.
In der Mittagspause geht er zum Supermarkt.
Lisa verkauft dort ja keine Zeitungen mehr.
Also sieht niemand, dass er sich etwas kauft.
Er läuft an den Regalen entlang.
Hm, was soll er nehmen?
Schokolade, Chips oder lieber Kekse?
Schließlich entscheidet er sich für Butterkekse.
Er zahlt mit der Bankkarte.
Damit kann man kaufen, was man will,
hat seine Oma gesagt. Bis kein Geld mehr da ist.

Igor reißt die Packung sofort auf.
Der erste Keks ist nach drei Bissen weg.
Das schmeckt nach mehr!
Er nimmt einen zweiten Keks und beißt hinein.
Beim Ausgang hängt ein großes Anschlagbrett.
Im Kauen läuft er an dem Brett vorbei.
Fast verschluckt er sich.

Ist das nicht Lisa, da auf dem Foto? Er schaut sich das Bild genau an und liest den Text daneben:

Wer hat unsere Tochter Lisa gesehen?
Sie hat hier die Straßenzeitung verkauft.
Seit Juni ist sie spurlos verschwunden.
Rufen Sie uns bitte an, wenn Sie etwas über Lisa wissen.

Stocksteif steht Igor vor dem Anschlagbrett.
Jeder kann das lesen!
Schnell reißt er den Zettel ab.
Lisa will überhaupt nicht zurück.
Sie geht dort ein, bei den Hühnern.
Das hat sie selbst gesagt.
Was soll er jetzt machen?
Er kann den Zettel nicht mehr an das Brett heften.
Dann ist Lisa nicht mehr sicher.
Hier kommen so viele Menschen vorbei.
Irgendwann wird sie jemand auf dem Foto erkennen.
Nein, das darf auf keinen Fall passieren.
Zum Glück weiß er, was er tun muss.
Er faltet den Zettel zusammen.
Und noch einmal.
Bis es ein winzig kleines Paket geworden ist.
Das steckt er in seine Jackentasche.
Tief in der Tasche ist es sicher.

Pflaumenkuchen

Zu Hause ist es richtig gemütlich.
Da wird geredet, gelacht und gespielt.
Irene genießt das sehr.
Fast wie in einer normalen Familie.
Begeistert erzählt sie ihrer Kollegin:
„Bei uns ist es schön, so zu viert."
Die Kollegin antwortet: „Dann ist es ja gut."
Und nach einer kurzen Pause wechselt sie das Thema: „Man hört nichts mehr von diesem entführten Baby. Ob die Polizei überhaupt noch nach dem Kind sucht?"
Ja, das ist ein Drama, denkt Irene.
Aber es ist nicht *mein* Drama.
Ich habe Bärbel und Lisa.
Irene ist stolz.
Sie bietet Mutter und Kind ein gutes Zuhause.
Bei ihr sind beide gut aufgehoben und gut versorgt.
Irene hat einen alten Fotoapparat.
Mit dem fotografiert Lisa die kleine Bärbel.
Plötzlich sagt Irene: „Jetzt mach ich ein Bild von euch zusammen."
Lisa versteckt sich schnell hinter Igor.
Auf dem Foto sieht man nur ihre Hände.

Warum denkt ihre Kollegin, dass man Lisa nicht trauen kann?

Irene ärgert sich.
Auch Stefan vertraut Lisa nicht.
Und das findet sie viel schlimmer.
Er meint, Lisa wird nicht bleiben.
Irene will Stefan zum Kaffee einladen.
Dann sieht er selbst, wie es bei ihnen ist.
Und sie kann wieder etwas backen.

Am Sonntagnachmittag klingelt es bei Irene.
Stefan steht vor der Tür.
„Komm rein", sagt Irene. Ihr Herz klopft.
Im Wohnzimmer ist niemand.
Wo bleiben denn Igor und Lisa?
„Setz dich doch. Möchtest du einen Kaffee?"
Da besinnt sie sich: „Ach ja, Igor wollte Kaffee kochen."
An der Zimmertür ruft sie: „Igor!"
Stefan schaut Irene mit einem warmen Blick an:
„Wenn der Junge dich nicht hätte."
„Dann hätte er jemand anders", sagt Irene schnell, ohne nachzudenken.

Sie wischt sich etwas von der Bluse, das gar nicht da ist.
„Ich glaube, sie müssen Bärbel noch anziehen."
„Oh, bin ich etwa zu früh gekommen?", fragt Stefan.
Irene hört Gelächter im Schlafzimmer.
„Nein, nein. Sie kommen gleich.

Ich hol schon mal den Kuchen.
Setz dich doch, setz dich bitte."
Irene flüchtet in die Küche. Dort streut sie
Puderzucker über den Pflaumenkuchen.

Sie hört Bärbel und Lisa im Wohnzimmer.
Igor kommt in die Küche.
„So, jetzt mach ich Kaffee für Stefan."
Er wirft einen Blick auf den Kuchen.
„Heute darfst du ein Stück essen", sagt Irene.
Rasch schneidet sie den Kuchen in Stücke.
Auf jeden Teller legt sie ein Stück.
Bärbel sitzt inzwischen auf Stefans Knie.
Das kleine Kind lächelt ihn an.
Lisa sitzt daneben und redet.
Aus der Küche dringt Kaffeeduft.
Ein schöner Sonntag.

Stefan betrachtet Bärbel.
„Sie ist schon groß, die kleine Bärbel.
Die schweren Knochen hat sie nicht von dir, Lisa."
Lisa beißt sich auf die Lippen.
„So ist sie eben", sagt sie.
„Die hat sie sicher von ihrem Vater", sagt Stefan.
Lisa antwortet nicht.
Irene verteilt die Kuchenteller auf dem Tisch.
Hoffentlich stellt Stefan nicht noch mehr Fragen,
denkt Irene.

Früher hat ihr das auch nicht gefallen.
All diese Fragen über einen Vater, den es nicht gibt.

Zum Glück bringt in diesem Moment Igor den
Kaffee herein.
Er schenkt den Kaffee ein.
Nun holt Igor sein neues Handy aus der Hosentasche.
Er zeigt es Stefan.
„Wenn du willst, kannst du mich immer anrufen",
sagt Igor.
Stefan zieht sein Handy aus der Tasche:
„Sagst du mir deine Nummer?
Und ich gebe dir meine Nummer.
Du kannst sie auf deinem Handy speichern.
Dann können wir uns anrufen, wenn etwas ist."

Stefan gibt Igors Nummer in sein Handy ein.
Danach sagt er zu Igor:
„Ihr wollt also nach deiner Mutter suchen?
Das ist sicher spannend."
„Igors Mutter? Was soll das denn?", fragt Lisa.
„Sie hat ihn einfach weggegeben.
So eine Mutter will man doch nicht wiedersehen!"
„Nein, es war ganz anders", sagt Irene schnell.
„Sie konnte nicht für Igor sorgen und da ..."
„Was war mit ihr?", fragt Lisa.
„Ach", antwortet Irene, „sie war noch so jung.
Sie hatte die falschen Freunde.

Alkohol, Drogen, Diebstahl.
Sie trieb sich auf der Straße herum.
Noch mehr Alkohol und noch mehr Drogen.
Und wenn man dann ein kleines Kind versorgen muss ...
Na ja, du weißt ja selbst, wie das ist."

„Wieso?", ruft Lisa wütend.
„Ich bin doch jetzt hier!"
Irene nickt.
„Du hast Glück gehabt."
Lisa schüttelt den Kopf.
„Warum willst du sie gerade jetzt suchen?"
Irene senkt den Blick und schaut auf ihre Hände.
„Besser spät als nie.
Ich dachte mir, ich kann morgen schon tot sein.
Und darum ..."
„Der Tod begleitet dich immer", sagt Igor auf einmal.
Stefan nickt und wendet sich an Lisa.
„Was denkst du?
Glaubst du, dass Irene ihre Tochter findet?
Was würdest du tun, wenn deine Mutter ..."

Lisa unterbricht ihn.
„Meine Mutter ist froh, dass sie mich los ist."
„Aber stell dir mal vor ...", versucht es Stefan nochmals.
Lisa wirft ihm einen wütenden Blick zu.

„Meine Eltern sind froh, dass ich weg bin.
Ihre Hühner sind wichtiger als ich!“
„Wie lange bist du schon weg von zu Hause?“, fragt Stefan.
„Warum rufst du sie nicht mal an?
Dann wissen sie zumindest, dass es dir gut geht.“
Lisa springt auf und ruft: „Sie legen sofort auf.
Ich hab doch gesagt: Die sind froh, dass ich weg bin!“

Stefan ergreift Lisas Arm.
„Hast du vielleicht Angst, dass sie böse auf dich sind?
Irene, sag doch mal was.
Du weißt, wie man sich fühlt.
Wenn die eigene Tochter weg ist.
Und wenn man nicht weißt, wie es ihr geht.“
„Das war anders“, erklärt Irene.
Doch danach schweigt sie.
Sie erinnert sich, wie sie am Telefon saß.
Damals wagte sie nicht, aus dem Haus zu gehen.
Falls Nora anruft, wollte sie da sein ...
Diese Unsicherheit war furchtbar.

Auf einmal schämt sie sich.
Sie hätte viel früher mit Lisa reden müssen.
„Ja, ruf mal zu Hause an“, sagt sie.
„Dann sind deine Eltern beruhigt.“

„Was ist bloß mit euch los?“, stöhnt Lisa.
„Was wollt ihr von mir?
Lasst mich in Ruhe!“
Mit großen Schritten verlässt sie das Wohnzimmer.
Schweigend sitzen Irene und Stefan am Tisch.
„Na, siehst du“, sagt Stefan schließlich.
„Ich sag doch, sie bleibt nicht hier.
Sie will nach Hause. Aber sie hat Angst.“
„Warum mischst du dich ein?“, schimpft Irene.
„Alles war in Ordnung.
Bis du mit deiner Fragerei angefangen hast.
Ich versuche, dem Mädchen zu helfen.
Und du ...“
Stefan steht auf und nimmt seine Jacke.
„Es ist dein Leben, Irene“, sagt er.

Ein kaltes Bier

„Denk dran, Igor“, sagt Oma.
„Es geht uns gut. Und das muss so bleiben.
Das findest du doch auch, oder?“
Igor nickt. Das muss so bleiben.
„Fein“, sagt seine Oma.
„Darum musst du nett zu Lisa sein.“

In der Werkstatt gibt es Neuigkeiten.
Sie werden ab jetzt eine andere Art von
Wohnwagen machen.
„Der neue Wohnwagen ist sehr schön“, sagt Jack.
„Er hat eine bessere Küche.
Und die Türen sind nicht mehr aus Spanplatten.
Sie sind jetzt aus Fichtenholz. Klasse, nicht?“
Igor gefällt das alles nicht.
Die Türen müssen aus Spanplatten sein.
Jochen erklärt, wie sie das Fenster machen müssen.
Igor schaut zu.
Seine Hände sind tief in den Hosentaschen
vergraben.
An dem neuen Wohnwagen will er nicht
mitarbeiten.
Er will wieder den alten Wohnwagen bauen.

Am Ende der Woche muss er zu Jack ins Büro.
Igor bekommt eine Dose Bier.

„Hör mal zu, Igor", fängt Jack an.
„Manchmal ändern sich die Dinge.
Das ist normal.
Und du musst dich daran anpassen.
Diese Woche hast du nicht gearbeitet.
Ich kann es verstehen.
Aber nächste Woche ist das vorbei.
Da gehst du wieder normal an die Arbeit. Okay?"
Jack klopft Igor auf die Schulter.
„Und jetzt kannst du nach Hause."
Doch der Bus ist bereits weg.
Mist, denkt Igor. Dann laufe ich eben.
Ich entscheide selbst, was ich tue.

Unterwegs kommt Igor an einer Kneipe vorbei.
Ein paar alte Männer unterhalten sich.
Hinter der Theke steht eine Frau in einer schwarzen Bluse.
Sie zapft ein Bier für Igor.
Er setzt sich an einen Tisch am Fenster.
Das Bier ist schön kalt.
Es schmeckt ihm.
Doch sonst ist wenig los in der Kneipe.
Nicht einmal einen Flipper-Automaten gibt es hier.
Er nimmt sein Handy aus der Tasche.
Das Guthaben ist verbraucht.
Weil er immer wieder Stefan anruft.
Jedes Mal fragt er Stefan, ob alles in Ordnung ist.

„Hallo, Igor“, sagt Stefan dann.
„Schön, dass du anrufst.
Bei mir ist alles in Ordnung.
Und wie geht es dir so?“
„Gut, danke“, antwortet Igor.
„Den Knoten in meiner Krawatte, den hab ich noch.“

Das Bierglas ist inzwischen leer.
Mit der Bankkarte geht Igor zum Tresen.
„Zahlen, bitte“, sagt Igor.
„Das geht nicht mit Karte“, antwortet die Frau.
„Erst ab 12,50 Euro.
Weißt du was?“, sagt sie schließlich.
„Gib einfach eine Runde aus.“
Sie zapft Bier für Igor und die alten Männer.
Igor trinkt sein Glas in einem Zug aus.
„Ich will noch eins“, sagt er.

Es kommen immer mehr Leute in die Kneipe.
Die alten Männer sind weg.
Jetzt ist die Kneipe voller junger Menschen.
Überall ist laute Musik.
Um ihn herum wird geredet und gelacht.
Jemand packt ihn an der Schulter.
Es ist die Frau mit der schwarzen Bluse:
„Genug getrunken, junger Mann.
Du solltest zahlen und nach Hause gehen.“
Igor versucht aufzustehen.

„Hopsa", sagt er und fällt um.
Die Frau beugt sich über ihn.
„Sollen wir jemanden anrufen?", fragt sie.
„Kann dich einer abholen?"
Igor schließt die Augen.
Alles dreht sich.
Als er die Augen wieder öffnet, schaut ihn jemand böse an.
Das Gesicht kennt er.
Es ist seine Oma.

Am nächsten Morgen hat Igor Kopfschmerzen.
Seine Kehle ist trocken.
Er hat Durst.
Lisa schläft noch.
Sie hat gestern bei Stefan gearbeitet.
Dann darf er sie morgens nicht so früh wecken.
Er steht auf und duscht sich.
In der Küche sitzt seine Oma.
Sie trinkt Kaffee und ist immer noch wütend auf ihn.
„Ich hoffe, dass du dich schlecht fühlst", sagt sie.
„Das will ich nicht noch mal erleben.
Beim nächsten Mal hole ich dich nicht mehr ab."
Unsanft stellt sie die Kaffeetasse auf den Tisch.
„Erzählst du mir mal, warum du in der Kneipe warst?"
Igor weiß nicht mehr warum.

Irene zögert. Schließlich sagt sie:
„Na, dann gib mir mal einen Kuss."

Igor trinkt vier Gläser Wasser hintereinander.
Inzwischen ist Irene gegangen.
Und Lisa schläft noch.
Er könnte ein Brot schmieren.
Doch er hat gar keinen Hunger.
Stattdessen setzt er sich aufs Sofa.
Nach einer Weile hört er Lisa.
Sie sagt etwas zu Bärbel.
Kurz darauf betritt Lisa das Wohnzimmer.
Sie stellt sich breitbeinig vor Igor hin.
Die Hände hat sie in die Seiten gestützt.
„He, Igor, was war das denn gestern Abend?
Du warst betrunken.
Und deine Oma war wütend."

Igor erinnert sich plötzlich, was gestern war.
Er soll ab Montag am neuen Wohnwagen arbeiten.
Und dazu hat er keine Lust.
„Hallo!", ruft Lisa gereizt.
„Sag endlich was!
Du hast Geld für die Kneipe.
Aber du hast kein Geld für eine neue Tasche für mich.
Wie viel hast du ausgegeben?
Sag schon! Wie viel war es?"

Sie stampft wütend mit dem Fuß.
Igor will aufstehen.
Wenn er Kaffee für Lisa kocht, lacht sie wieder.
Doch Lisa lässt ihn nicht aufstehen.
Sie drückt ihn mit den Händen wieder aufs Sofa.
„Halt, halt!“, ruft sie.
„Wenn du nichts sagst, schau ich selber nach.“

Lisa geht hinaus in den Gang.
Kurz darauf kommt sie zurück, mit Igors Jacke.
„So, jetzt werden wir ja mal sehen.“
Sie durchsucht alle Jackentaschen.
„Aha, da haben wir´s ja.“
Sie zieht ein Stück Papier aus der Innentasche.
Es ist klein zusammengefaltet.
„Das ist was ganz anderes“, sagt Igor.
„Ja ja“, meint Lisa.
„Mal sehen, wie viel Geld ich für eine neue Tasche bekomme.“
Sie faltet den Zettel auseinander.
Plötzlich ist Lisa still. Sie setzt sich auf einen Stuhl.
„Der Zettel hing beim Supermarkt“, sagt Igor.
Lisa seufzt tief.
Dann steht sie auf. Der Zettel fällt auf den Boden.
Igor hebt ihn wieder auf und streicht ihn glatt.

Nach einer Weile kommt Lisa mit lauter Taschen am Arm. Ohne ein Wort geht sie an Igor vorbei.

Kurz darauf hört er, wie die Haustür
ins Schloss fällt.
Auf einmal begreift Igor.
Lisa will nicht zurück zu den Hühnern.
Sie wird sich verstecken.
Er rennt Lisa hinterher.
Vor dem Aufzug holt er sie ein.
Igor greift sie am Arm.
„Du musst doch für Bärbel sorgen!“, sagt er.
„Ich geh nach Hause“, erwidert sie.
Erstaunt lässt Igor sie los.
„Ich geh nach Hause zurück.
Das würdest du doch auch tun?
Sie haben mich gesucht.
Sie sind extra in die Stadt gekommen.
Um mich zu suchen.“

„Aber da gehst du doch ein!
Das hast du doch immer gesagt!“, ruft Igor.
„Ja, aber das hab ich nicht so gemeint.
Das verstehst du doch, oder?“
Verzweifelt greift sich Igor an den Kopf.
„Und was ist mit Bärbel?“
Lisa schaut ihn mit großen Augen an.
„Die kann ich nicht mitnehmen.
Was soll ich denn meinen Eltern sagen?
Du musst sie zurückbringen.“
„Zurückbringen?“

„Ja, dorthin, wo wir sie gefunden haben."
„Muss das sein?", fragt Igor.
„Wirklich?"
„Ja", sagt Lisa entschieden.
„Es ist das Beste für Bärbel.
Also, ich geh jetzt.
Ich ruf dich an."

Zum Glück vergisst Igor nie etwas.
Er muss zur Spielwiese.
Der Zug fuhr von Gleis 3 ab.
Er zieht Bärbel etwas an und setzt sie in den Kinderwagen.
Aus der Küche holt er sich einen Müllsack.
Igor stopft sämtliche Babysachen in den Sack.
Endlich herrscht wieder Ordnung in seinem Zimmer!

Igor verlässt mit Bärbel im Kinderwagen die Wohnung.
Draußen wirft er den Sack mit Babysachen in den Müllcontainer.
Er weiß noch genau, wohin er muss.
Aber er erinnert sich auch daran, wie aufgeregt und ängstlich er war.
Damals war Lisa dabei.
Jetzt muss er es allein schaffen.
Bärbel hat Schluckauf.

Und sie sabbert ein bisschen.
Igor beugt sich über das Baby.
„Ma-ma", kräht Bärbel.
„Nein, ich bin Igor."
Bald ist die Windel wieder voll.
Oder sie heult, weil sie Hunger hat.
Wie soll er sie unterwegs füttern?
Das kann er doch gar nicht allein. Was tun?
Auf einmal hat Igor eine Idee.
Genauso wird er es machen.
Rasch macht er sich auf den Weg.

Teil 4

Eine Gabel

Um halb fünf ruft Irene ihre kranke Kollegin an.
Zum Glück kommt sie morgen wieder zur Arbeit.
In Gedanken ist Irene immer noch mit Igor beschäftigt.
Warum war er gestern so betrunken?
Sie hat keine Ahnung.
Igor hatte in letzter Zeit nie Probleme gemacht.
Und jetzt das.

Als Irene nach Hause kommt, ist niemand da.
Gut, dann kann sie jetzt noch bügeln.
Ehe Igor und Lisa nachher kommen.
Nach dem Bügeln gibt es noch Näharbeit.
Sie beginnt mit einem Hemd von Igor.
Ein paar Knöpfe fehlen.
Irene hat das Radio eingeschaltet.
Das Wetter wird schlechter.
Aber hier im Haus ist es trocken und warm.
Sie schneidet den Faden ab. Fertig.

Irene geht in Igors Zimmer.
Sie will das Hemd wieder in den Schrank hängen.
Ihr fällt auf, wie aufgeräumt das Zimmer ist.
Gut so, Lisa, denkt Irene. Du lernst dazu.
Zufrieden nimmt sie einen Kleiderbügel aus dem Schrank.

Doch plötzlich hält sie inne. Der Schrank ist ja halb leer! Erschrocken dreht sie sich um.
Die Wiege steht noch da, wo sie immer steht.
Irene schaut wieder in den Schrank.
„Ach Lisa", stöhnt sie, „tu mir das nicht an."
In dem Moment hört sie die Wohnungstür.
Sie läuft schnell in den Flur.
Igor macht gerade die Tür hinter sich zu.
Er schaut seine Oma zufrieden an.
„So", sagt er. „Die sehen wir nie wieder."

„Was ist passiert?", will Irene wissen.
Igor zeigt ihr den Zettel.
„Der hing beim Supermarkt.
Als Lisa den Zettel sah, hat sie ihre Sachen gepackt.
Danach ist sie gegangen."
Irene kann es nicht glauben.
Lisa kann doch nicht einfach verschwinden?
Ohne etwas zu sagen? Ohne sich zu bedanken.
Irene findet das Ganze unbegreiflich.
Sie fragt Igor erneut: „Hat sie wirklich nichts gesagt?
Wie spät sind sie weggegangen?
Bist du ihr hinterhergelaufen?
Und woher kommst du jetzt?"

Igor sticht mit einer Gabel in das Sofa.
So viele Fragen gleichzeitig.

Das ist zu viel für ihn.
Irene setzt sich neben Igor.
Jetzt sind sie wieder zu zweit.
Wie früher.
Irene starrt auf das Telefon.
Lisa wird doch wohl anrufen?

Es ist inzwischen Sonntagmorgen.
Sie haben immer noch nichts von Lisa gehört.
Nur die leere Wiege erinnert an Bärbel und Lisa.
Irene greift zum Telefon und legt gleich wieder auf.
Sie hat keine Handy-Nummer von Lisa.
Nur die Nummer von Lisas Eltern.
Aber sie hat keine Lust, mit ihnen zu reden.
Sie will Lisa sprechen.
Irene will wissen, was los ist.
Sie will von ihr hören, warum sie weggegangen ist.
War ihr Igor doch nicht gut genug?
Aber sie hat ihn doch gemocht, denkt Irene.
So viele Fragen.
Und keine Antworten.
Sie liest noch einmal, was auf dem Zettel steht.

Wer hat unsere Tochter Lisa gesehen?
Sie hat hier die Straßenzeitung verkauft.
Seit Juni ist sie spurlos verschwunden.
Rufen Sie uns bitte an, wenn Sie etwas über Lisa wissen.

Lisas Eltern haben ihre Tochter gesucht.
Sie haben sie in der nächsten größeren Stadt gesucht.
Denn wohin geht jemand, der wegläuft?
In eine größere Stadt.
Und was tut jemand, um an Geld zu kommen?
Man kann zum Beispiel die Straßenzeitung verkaufen.
Und wenn sie nicht mehr da ist, wo sie war?
Dann hängt man überall einen Zettel auf.
Einen Zettel mit einem Foto.
Warum hat sie, Irene, das nicht getan?
Wer hat Nora gesehen?
Halt.

Irene ist auf einmal wütend.
Menschen gehen einfach fort.
Ohne ein Wort zu sagen.
Und sie, Irene, sitzt wieder da und wartet.
Seit 25 Jahren wartet sie.
Doch damit ist jetzt Schluss.
Erst wird sie sich eine Straßenzeitung besorgen.
Da steht vielleicht eine Telefonnummer drin.
Und vielleicht kann man ihr sagen, wer alles die Straßenzeitung verkauft.
Aber wenn sie dort nie von Nora gehört haben?
Dann wird sie woanders nach ihr suchen.

Blöde Kuh

„Mensch, Igor“, sagen Igors Kollegen in der Werkstatt.
„Am besten machst du, was sie sagen.
Dann bekommst du keine Probleme.“
Auch gut, denkt Igor. Ich mach´s einfach. Kann mir doch egal sein.
Aber es ist ihm nicht egal.
Jeden Tag hat er weniger Lust auf die Arbeit.
Morgens fängt es schon an.
Er war froh, dass Bärbel weg ist. Aber nach ein paar Tagen ist diese Erleichterung weg. Nun spürt er tief drinnen ein leeres Loch. Das gefällt ihm überhaupt nicht. Igor wird immer wütender.

Eines Tages sagt seine Kollegin Elsa:
„Also du hast ja schlechte Laune, was?“
Blöde Kuh, denkt Igor, und will auf sie losgehen.
Zum Glück ist Simon in der Nähe und hält ihn davon ab.
Obwohl nichts passiert ist, muss Igor in Jacks Büro kommen.
Jack sagt: „Bis jetzt ist es gut gegangen. Aber heute wolltest du Elsa schlagen. Igor, das geht nicht.
Wenn du andere schlägst, kannst du nicht bleiben.“

Igor will Jack alles erklären.
Aber ihm ist die Kehle wie zugeschnürt.

„Übers Ohr gehauen“, bringt er nur heraus.
„Ja“, sagt Jack. „Deine Oma hat mich angerufen.
Du bist wütend, dass deine Freundin weg ist.
Ich kann das verstehen.
Deshalb darfst du vorläufig weiter hier arbeiten.
Aber es darf nie wieder vorkommen.“

Igor geht zurück an seinen Arbeitsplatz.
Er begreift nicht, warum Jack über Lisa redet.
Lisa ist weg.
„Komm mal her, Igor“, ruft Jack kurze Zeit später.
Er zeigt auf einen alten Wohnwagen.
„Da fehlt noch eine Anhängerkupplung.“
Widerwillig macht sich Igor an die Arbeit.
„Hast du Lust, eine Weile hier zu arbeiten?
An den alten Wohnwagen?“
Igor schaut sich den Wohnwagen an.
Da sieht er, wie klapprig der Wagen ist.
Er könnte ihn einfach umwerfen.
So wie Bärbels Kinderwagen.
Wie laut Bärbel geschrien hat.
Sie hörte gar nicht mehr auf.
Er ist froh, dass er das nie mehr hören muss.
Zum Glück war er nicht allein.
Sonst hätte er die Spielwiese nicht gefunden.
Und er hätte den Kinderwagen wieder mit nach
Hause genommen.
Doch der liegt jetzt im Wasser.

Jack tippt ihm auf die Schulter.
„Igor, was hältst du davon?"
Da denkt Igor: Ich bin ein Fachmann.
Ich kann eine bessere Stelle bekommen.
In seinem Kopf braut sich ein neuer Sturm zusammen.

In der Pause sitzt er bei seinen Kollegen Theo, Edgar und Elsa.
„Suchst du eine andere Freundin?", will Elsa von Theo wissen. Igor schaut Theo an.
Theo war jahrelang Antjes Freund.
Jetzt ist er wieder allein.
„Ich will keine andere Freundin", sagt Theo leise.
„Nie mehr."
„Da kannst du dir ja gleich dein Ding abschneiden", sagt Edgar.
„Ein Mann braucht Sex. Sonst verstopft alles.
Und dann wird man so mürrisch wie Igor."

Igor blickt auf. „Ja", sagt Edgar, „du hast in letzter Zeit immer üble Laune. Seit deine Freundin weg ist.
Warum gehst du nicht zu den Huren?
Mann, für 50 Euro bist du wieder in Form.
Ich weiß, wo es heiße Weiber gibt.
Wenn du willst, zeig ich es dir.
Such dir eine Hübsche aus.
Und schon bist du dein Problem los."

Eine Kuchenform

Nach der Arbeit zieht sich Igor um.
Dann kann er nach dem Essen gleich weg.
In der Küche steht Oma und macht Teig.
Ihre Hände glänzen von der Butter.
Sie schaut auf und blickt Igor an.
Dieser Blick. So schaut sie ihn in letzter Zeit immer an.
Als erwarte sie etwas von ihm.
Doch ein Geheimnis ist ein Geheimnis.
Das haben sie so vereinbart.
Nichts Oma verraten, Igor.
Sonst gibt es Probleme.

„Alles okay, Igor?", fragt Irene.
Sie versucht, ihm die Hand auf den Arm zu legen.
Aber er schiebt sie von sich.
„Igor", sagt Irene erschrocken.
„Zähl erst bis zehn.
Ich begreif ja, dass du wütend bist.
Aber du bist sauer auf Lisa, nicht auf mich.
Ich bin auch sauer auf Lisa.
Aber nicht alles ist auf einmal schlecht.
Es gibt auch gute Nachrichten.
Deshalb backe ich gerade einen Kuchen.
Es gibt etwas zu feiern."
„Was denn?", fragt Igor.

Irene wischt sich die Butter von den Händen.
„Ich hab deine Mutter gefunden.
Das heißt: Ich weiß, wo wir sie finden können."

Sie gibt den Teig in die Kuchenform.
Igor schaut seine Oma an.
Ihr Gesicht ist voller Falten.
Die Haut unter ihrem Kinn hängt herunter.
Doch, er ist sauer auf sie.
Oma ist natürlich froh, dass bei ihm alles verstopft.
Dass er sein Ding nicht mehr benutzen kann.

Fast hätte er mit dem Fuß nach ihr getreten.
Fast hätte er ihr mit der Kuchenform eins
übergezogen.
Fast.
Stattdessen tritt er mit voller Wucht gegen
den Schrank.
Die Tür fliegt aus den Angeln.
Igor läuft zur Küche hinaus.
Er schnappt sich seine Jacke.
Nachdem er der Wohnungstür einen Tritt versetzt
hat, rennt er die Treppe hinunter.
Erst in der S-Bahn beruhigt er sich wieder.
Igor denkt: Ich kann es auch anders sehen.
Ich kann froh sein, dass Lisa nicht tot ist.
Dann würde es mir jetzt so gehen wie Theo.
Und ich würde keine andere Freundin wollen.

Lisa ist einfach davongelaufen.
Jetzt kann ich tun und lassen, was ich will.

Er steigt aus und geht Richtung Altstadt.
In der Gegend um die Leonhardskirche sieht er sie.
Igors Laune bessert sich sofort.
Toller Tipp von Edgar.
Da laufen sie und sprechen ihn an.
Sie fragen ihn, ob er Lust hat.
Wie ein König fühlt sich Igor.
Sie wollen ihn alle haben.
Er nimmt sein Handy aus der Tasche und schaltet es aus.
Lisa wollte doch anrufen.
Aber das geht jetzt nicht.
Er hat jetzt etwas anderes zu tun.

Eine große Teigschüssel

Irene ist wütend auf sich.
Sie hat einen großen Fehler gemacht.
Als Lisa wegging, war Igor total durcheinander.
Und jetzt fängt sie auch noch von seiner Mutter an.
Das hätte sie besser lassen sollen.
Er ist völlig verwirrt.
Jeden Tag rennt er nach dem Essen zur Tür hinaus.
Ohne ein Wort zu sagen.
Igor ist 24.
Irene kann ihn nicht mehr einsperren wie früher.
Aber wenn es Probleme gibt, ist sie verantwortlich.
Es geht nicht anders.
Sie muss einfach wissen, wohin er jeden Abend geht.
Ihr bleibt nichts anderes übrig, als ihm zu folgen.

Igor nimmt die S-Bahn.
Irene steigt ungesehen hinten ein.
Igor scheint richtig aufgedreht.
Er sieht und hört niemanden um sich herum.
In der Stadtmitte steigt er aus.
Es ist viel los auf den Straßen.
Heute ist verkaufs-offener Abend.
Geht Igor also einkaufen?
Aber was macht er dann an den anderen Abenden?
Wenn alle Geschäfte geschlossen sind?

Irene folgt ihm bis ins Leonhardsviertel.
Da geht ihr ein Licht auf.
Im Leonhardsviertel gibt es Erotik-Clubs und Bordelle.
Igor geht zu den Huren.
Irene weiß genug.
Aber sie läuft weiter hinter Igor her.

Er biegt links in eine Straße ein.
Vor einem Haus bleibt er stehen.
Er drückt auf die Klingel.
Ungeduldig wartet er, bis sich die Tür öffnet.
Auf einmal schämt sich Irene.
Das hier geht sie gar nichts an.
Sie will ihrem Enkel nicht nachspionieren.
Rasch dreht sie sich um und läuft davon.

An der Haltestelle der S-Bahn hält sie inne.
Sie will jetzt nicht nach Hause.
Stefans Bäckerei hat noch geöffnet.
Als Irene hereinkommt, blickt Stefan auf.
Er sieht erschrocken aus.
Sicher denkt er, dass sie mit ihm streiten will.
Wie an dem Sonntag, als er bei ihr zu Besuch war.
„Wie geht´s?“, fragt Stefan.
„Gut, danke.“
Dann schweigen beide.
„Stefan“, fängt Irene an.

„Es tut mir leid, dass ich so unfreundlich zu dir war.
Das war nicht in Ordnung.
Du hattest ja recht mit Lisa."
„Das Mädchen hat euch kein Glück gebracht", sagt Stefan.
„Ohne sie ist Igor besser dran."
Er greift sich eine Teigschüssel und streut Mehl hinein.
„Aber es tut mir leid für ihn", sagt sie.
Und sie denkt: Jeden Abend zu den Huren.
Dafür hat er nicht genug Geld.

„Irene, vergiss Lisa", sagt Stefan.
Erst jetzt fällt ihr auf, wie schlecht Stefan aussieht.
„Was ist mit dir?", fragt Irene.
„Du siehst so ..."
Stefan zuckt mit den Schultern.
Er macht den Mund auf, sagt aber nichts.
Stattdessen dreht er sich um.
Was hat sie denn erwartet?
Dass er ihr etwas erzählen würde?
Plötzlich sagt Irene:
„Ich habe Nora gefunden.
Sie verkauft die Straßenzeitung.
Gar nicht weit weg von hier.
In der Oststadt."
„Na, ich gratuliere", meint Stefan.
Er macht zwei Tassen Kaffee.

Eine davon stellt er vor Irene auf den Tisch.
„Und was machst du jetzt?
Wirst du zu ihr gehen?
Oder warst du schon bei ihr?“

Irene beißt sich auf die Lippen.
Am liebsten würde sie sagen:Komm, Stefan.
Bitte, begleite mich dorthin.
Doch stattdessen sagt sie:
„Nein, ich war noch nicht dort.
Mit Igor zusammen traue ich mich nicht.
Er war wütend, als ich von Nora anfing.
Dann ist er aus dem Haus gerannt.
Seitdem geht er jeden Abend nach dem Essen weg.“
„Halt ihn doch im Haus“, sagt Stefan scharf.
„Wie soll ich das machen?“, fragt Irene.
„Ich kann ihn doch nicht festbinden?
Er ist erwachsen.“
„Ja, körperlich, aber im Kopf ist er noch ein Kind.“

Stefan trinkt seinen Kaffee.
„Du hättest ihn vor Lisa schützen müssen.“
Irene spürt Tränen in ihren Augen.
„Sie hatten es so gut zusammen“, sagt sie.
„Ich tu doch, was ich kann.
Aber Igor will einfach nicht mit mir reden.
Er ist wütend, auf alles und jeden.“
Stefan seufzt.

„Irene, du hast Nora wegen Igor gesucht.
Dann musst du auch mit ihm dorthin.
Es liegt an dir, Irene.
Du bestimmst, wie die Sache ausgeht.“

Irene nimmt einen Schluck Kaffee.
„Das ist nicht immer so.
Erinnerst du dich an das entführte Baby?
Das ist wieder zu Hause bei seinen Eltern.
Man hat es gefunden.
Dort, wo es die Eltern hingelegt hatten.
Das Kind lag unter einem Baum und weinte.
Seine Tante hat es gefunden.
Sie ging jeden Tag zu dem Baum und schaute nach.
Man weiß immer noch nicht, wer das getan hat.“
„Ja“, meint Stefan nur.
„Es passieren schon komische Dinge auf der Welt.“

Drei Bälle

In der Mittagspause geht Igor zum Geldautomaten.
Doch es kommt nichts heraus.
Er hat kein Geld mehr auf dem Konto.
Igor geht zurück zur Werkstatt.
Es ist noch Pause.
Alle sitzen in der Kantine.
Nur Theo arbeitet.
Er macht nie Pause.
Gerade feilt er an einem Löffel.
„Ich hab kein Geld mehr für die Huren", sagt Igor.
Theo antwortet nicht.
Er reibt das Metall, bis es glänzt.
„Ich hab kein Geld mehr für die Huren",
wiederholt Igor.
„Du brauchst eine Freundin", sagt Theo schließlich.
„Das ist viel billiger als eine Hure."

Theo nimmt einen zweiten Löffel.
„Du musst jemanden aufreißen.
Mädels anmachen ist ein ziemlicher Aufwand.
Aber dann hast du eine für dich allein."
Igor denkt an den Nachmittag beim Juwelier.
Lisa nannte ihn „ihren Mann".
Die Huren, zu denen er geht, sagen nie so was.
Bei denen muss man für ein paar zusätzliche
Minuten extra bezahlen.

Auf einmal begreift Igor, wie es funktioniert.
Man muss also der Mann sein von einer.
Da muss man für das, was man will, nicht zahlen.

„Wie reißt man jemanden auf?“, fragt Igor.
„Du musst Eindruck auf sie machen“,
antwortet Theo.
„Bis sie glauben, dass du etwas Besonderes bist.
Du bist gut im Flippern.
Damit kannst du sicher jemanden aufreißen.“
„Kannst du mir Geld leihen?“, fragt Igor.
„Damit ich heute Abend flippern kann.“
Auf einmal sieht Igor alles vor sich.
Nicht nur ein Mädchen, sondern mehrere.
Theo greift nach seinem Geldbeutel.
Der ist winzig klein, mit einem grünen Frosch drauf.
Igor schaut zu, wie Theo Geld herausnimmt.
Er denkt: Kann ich so einem vertrauen?
Jemand mit so einem kindischen Geldbeutel?
Igor ist sich nicht sicher, nimmt das Geld aber an.

Nach der Arbeit fährt er in die Stadt.
In der vierten Kneipe steht ein Flipper-Automat.
Igor geht hinein.
Am Eingang unterhalten sich zwei Jungs
miteinander.
Sie machen Platz für Igor.
Zwei Mädchen sitzen an einem Tisch.

Eines davon hat ein rotes Band im Haar.
Auf einmal muss Igor an Bärbel denken.
Das wird heute sicher sein Glückstag.
„Dann geh ich mal flippern“, sagt er zu ihr.
„Viel Erfolg“, antwortet das Mädchen.
Igor stellt sich vor den Flipper-Automaten.
Er liest die Anweisungen:
Drei Bälle pro Spiel, 50 Cent pro Spiel.
Extra-Spiel bei drei Millionen Punkten.

Er nimmt eine 50-Cent-Münze aus der Tasche.
Und es geht los, ra-ta-ta-ta!
Weg. Hm. Gab es überhaupt einen Ball?
Das Spielfeld ist steiler als beim Automaten
in der Werkstatt.
Igor muss sich erst daran gewöhnen.
Beim zweiten Ball geht es schon besser.
Er sammelt Punkte.
Die bunten Lichter gehen an und aus.
Jetzt ist Igor in seinem Element.
Mist, der zweite Ball ist weg.
Aber keine Sorge, es gibt noch einen.
Und schon geht es wieder los.
Igor legt sich richtig ins Zeug.
Auf einmal hört er die Sirene.
Das bedeutet, er hat jetzt drei Millionen Punkte.
Und er hat ein Extra-Spiel gewonnen!
Igor ist voll in Form.

Schaut her, hier stehe ich, will er rufen.
Schade – weg ist der Ball.
Er hatte fast sechs Millionen Punkte.

Igor geht hinüber zu dem Mädchen mit dem Haarband.
Er zeigt auf den Flipper-Automaten.
Sie schaut ihn freundlich an.
„Ach, mach dir nichts draus“, antwortet sie.
„Das passiert den meisten neuen Leuten.
Die haben nur drei- oder viermal ein Extra-Spiel.“
„Ich hab fast zweimal ...“, fängt Igor an.
Da wird ihm bewusst, was sie gesagt hat.
Er ist einfach ein schlechter Spieler.
Ihm wird schwarz vor Augen.
Igor dreht sich um und geht.

Das Babyzeug

Daheim steht Oma in der Küche.
Sie beugt sich über einen Tortenheber.
„So was Blödes“, murmelt sie.
Eine Schraube ist locker.
Sie versucht, sie wieder festzuschrauben.
Auf einmal vergisst Igor, dass er böse auf sie ist.
Seine Oma ... Sie weiß nichts von der Welt.
Weiß nicht, wie schwierig das Leben ist.
„Gib mir mal den Tortenheber“, sagt er.
Er steckt sich den Tortenheber in die Tasche.
„Oh, nimmst du den mit zur Arbeit? Danke.“

Igor geht auf sein Zimmer.
Dort lässt er sich auf das große Bett fallen.
Er fühlt sich leer.
Seine Oma taucht in der Zimmertür auf.
„Kann ich kurz reinkommen?“
„Muss das sein?“, fragt Igor.
„Ja, ich will was mit dir besprechen.
Bald ist Weihnachten. Und dann machen wir es uns schön. Ich werde Lebkuchen backen.“
„Okay“, meint Igor nur.

Sie steht auf und sagt:
„Am Wochenende gehen wir in die Stadt.
Wir kaufen Weihnachtsschmuck.

Kerzen und schöne Servietten.
Und dann …" Ihre Stimme klingt immer höher.
„Dann gibt es ein Fest."
Igor schaut Oma an.
Er kennt diese Stimme.
Und weiß, dass sie gleich weinen wird.
Dann will sie am liebsten unter die Decke kriechen.
„Oma? Willst du unter die Decke?"
Igor schlägt die Bettdecke zurück.
Sie bückt sich und zieht die Schuhe aus.

„Ich werde *nicht* um mich weinen",
sagt sie stumm zur Wand.
„Ich werde nicht weinen um mein Leben."
Sie legt sich auf den Rücken, neben Igor.
Die Decke zieht sie hoch bis unters Kinn.
Sie liegt viel stiller im Bett als Lisa, denkt Igor.
Er hört, wie sie atmet.
„So, da liegen wir also", sagt seine Oma.
Das ist wahr. Aber komisch ist es schon.
Sie unter der Decke, er auf der Decke.
Das geht nun wirklich nicht.
Er sollte doch besser aufstehen.

Schnell springt Igor aus dem Bett.
„Was machst du?", fragt sie.
„Ich mach die Wiege zu Kleinholz", antwortet Igor.
„Die steht nur im Weg."

Irene richtet sich auf.
„Stell sie doch einfach auf die Straße.
Morgen ist Sperrmüll.
Vielleicht kann sie einer brauchen."
„Okay", sagt Igor.
„Also gut, Igor", fängt Irene wieder an.
„Wen willst du zu Weihnachten einladen?
Nenn mir *einen* Namen, bitte.
Nur *einen* Namen."
„Stefan!", ruft Igor. „Stefan mag gutes Essen."

Sie schlägt die Bettdecke zurück.
„Du musst ihn einladen.
Sag einfach: Sonst sitzt du allein zu Hause.
Und noch was, Igor.
Wenn wir am Samstag beim Einkaufen sind ..."
Irene hält kurz inne.
„... dann gehen wir bei deiner Mutter vorbei."

Fängt sie schon wieder damit an?
Igor hebt die Wiege hoch und verlässt damit
das Zimmer.
Endlich ist das ganze Babyzeug weg.
Und Oma geht es auch wieder besser.
Doch Igor spürt immer noch diese Leere in sich.

Weihnachtsstollen

Es ist kurz vor Weihnachten.
Auf den Straßen ist viel los.
Jeder muss noch letzte Besorgungen machen.
Irene und Igor sind auf dem Weg in die Oststadt.
Dort ist der Supermarkt, bei dem Nora Zeitungen verkauft.
In der Tasche von Irene ist ein Weihnachtsstollen.
Sie hat ihn selbst gebacken.
Irene ist nervös.
Igor trottet neben ihr her.
Er ist nicht mehr so wild.
Und er schlägt auch nicht mehr um sich.
Hat er überhaupt begriffen, wohin sie gehen?
Als Irene seine Mutter erwähnte, reagierte er kaum.
Es scheint ihn nicht zu interessieren.

„Warum brauche ich plötzlich eine Mutter?",
fragt Igor.
„Du hast schon immer eine Mutter gehabt",
antwortet Irene.
„Wir haben nur nicht gewusst, wo sie steckt.
Aber jetzt haben wir sie gefunden."
„Sie hat nichts über mich zu sagen", bemerkt Igor.
„Natürlich nicht", erwidert Irene.
„Du bist ja kein Kind mehr."
„Ich hab doch auch keinen Vater", sagt Igor.

Zum Glück braucht Irene darauf nicht zu antworten.
Denn sie sind vor dem Supermarkt angekommen.

Menschen gehen eilig ein und aus.
In der Ecke steht jemand und verkauft die Straßenzeitung.
Irene erstarrt.
Soll diese alte Frau ihre Tochter sein?
Auch Igor ist stehengeblieben.
„Der Tod!“, ruft er.
Er reißt sich los.
„Tod, hau ab!“, schreit er und schnalzt mit den Fingern.
Irene versucht ihn zurückzuhalten.
Doch Igor rennt weg.
Im Nu ist er um die Ecke verschwunden.
Da steht Irene mit ihrem Weihnachtsstollen.
Hat man ihr überhaupt die richtige Adresse gegeben?

Langsam geht sie auf die Frau zu.
„Nora?“, fragt sie.
Irene schaut in das Gesicht der Frau.
Nichts erinnert an ihre Tochter.
Doch dann versteht sie.
Ihre Tochter hat ein Leben voll Alkohol, Drogen und Armut hinter sich.

So ein Leben hinterlässt Spuren.
Das schmutzige Gesicht ist voller Falten.
Fettig klebt das Haar am Kopf.
Irene wagt sich einen Schritt heran.
„Nora?“, probiert sie es noch einmal.
Die Frau bemerkt sie und schaut sie an.
Sie streckt ihren Arm aus, wie eine Pistole.
„Die da hat mein Kind gestohlen!“, schreit die Frau.
„Mein eigenes Kind!“

Irene schluckt.
Sie hat einen trockenen Hals.
„Nein“, bringt sie schließlich heraus.
„Der Richter ... Du konntest nicht für ihn ...“
„Ich durfte mein eigenes Kind nicht mehr sehen!“,
schreit die Frau.
„Nein“, erwidert Irene.
„Du durftest so oft kommen, wie du wolltest.
Aber wir haben nicht gewusst, wo du warst.“
Ein Mann tippt ihr auf die Schulter.
„Darf ich mal vorbei?“, fragt er.
Nora hält ihn am Arm fest.
„Die da hat mein Kind gestohlen.“
„Ja ja, ist schon gut“, sagt der Mann zu Nora.
„Das behauptest du immer.“
Zu Irene gewandt erklärt er: „Sie ist ein bisschen
wirr im Kopf.“
Er tippt sich mit dem Finger an die Schläfe.

Dann dreht er sich um und verschwindet im Supermarkt.

Nora schreit Irene wieder an.
„Ich durfte mein Kind nicht sehen!"
Eine junge Mutter mit zwei Mädchen kommt aus dem Supermarkt.
Jetzt richtet Nora ihre Wut auf die junge Frau.
„Sie war´s! Sie hat mein Kind gestohlen!"
Die Mädchen schauen ängstlich zu ihrer Mutter hoch.
Rasch entfernt sich die Frau und zieht die beiden Kinder hinter sich her.

Irene hat wacklige Knie bekommen.
Was soll sie jetzt nur machen?
Ihre Tochter ist ein Wrack.
Sie ist völlig verwirrt.
Doch irgendwie hat Nora recht.
Natürlich hat sie den kleinen Igor nicht gestohlen.
Aber in gewisser Weise hat sie ihrer Tochter das Kind weggenommen.
Irene drückt Nora die Tasche mit dem Weihnachtsstollen in die Hand.
„Hier", sagt sie. „Lass es dir schmecken."
Und mit schnellen Schritten geht sie davon.

Der Tortenheber

Igor rennt und rennt. Zum Glück hat er lange Beine.
Typisch Oma: Sie erkennt nicht mal den Tod.
Sie dachte natürlich nur an seine Mutter.
Nach einer Weile bleibt er stehen.
Er schwitzt, das Hemd klebt ihm am Rücken.
Der Tod begleitet dich immer.
Er muss also stets gut aufpassen.
Doch der Tod rennt nicht so schnell wie Igor.
Hier ist er noch nicht.

Igor hat Hunger.
Von Theos Geld kauft er sich einen Hamburger.
Es sind eine Menge Menschen unterwegs.
Alle sind am Einkaufen.
Lisa hat immer zu ihm gesagt:
„Am Samstag kauft man was für seine Freundin."
Das braucht er jetzt nicht mehr zu tun.
Er hat jetzt Zeit.
Deshalb kauft er sich gleich noch einen Hamburger.
Ein bisschen Glück hat er heute doch noch:
Weil er nichts kaufen muss, braucht er nicht viel auszugeben.
Aber er schaut sich die Schaufenster an.

Igor bleibt vor jedem Laden stehen.
Nach einiger Zeit beginnt er zu frieren.

Ein scharfer Wind bläst ihm ins Gesicht.
Er zieht den Schal enger um den Hals.
Die Hände vergräbt er tief in den Taschen.
Ach, der Tortenheber.
Der steckt immer noch in seiner Jackentasche.
Oma verlässt sich auf ihn.
Er hat gesagt, dass er ihn reparieren wird.
Darum muss er jetzt am Samstag noch in die Werkstatt.
Zum Glück kommt gerade die Straßenbahn.

Zufällig sind Frauen am Putzen, als Igor die Werkstatt betritt.
Er zeigt ihnen seinen Pass für die Kantine.
„Hast du was vergessen?", fragt ihn eine Frau.
„Nein. Überstunden", antwortet Igor.
Igor hält ihr den Tortenheber unter die Nase.
„Wir auch", sagt die Putzfrau.

Igor durchquert den Gang.
Er hört nur seine eigenen Schritte.
Wenn es immer so ruhig wäre ...
Dann wäre Bärbel nicht weggegangen.
Sie käme jeden Tag und würde Geschirrtücher zusammenlegen.
Igor hätte gern mit ihr geredet.
Damals, als sie das Baby zurückgebracht haben.
Aber das ging ja nicht.

Er hatte sie sofort erkannt.
Sie trug eine rote Jacke und eine weiße Mütze.
Stefan hatte ihn tief ins Gebüsch hineingezogen.
So konnte Bärbel ihn nicht sehen.
Aber Igor hoffte, dass sie kommen würde.
Jemand hatte um den Baum ein rotweißes Band gebunden.
Unter diesen Baum hatten sie das Baby gelegt.
Jetzt konnte Bärbel die kleine Bärbel mitnehmen.
Die Kleine lag da und weinte laut.
Bärbel lief geradewegs in die Richtung des Geheuls.
Zum Glück kennt sie sich mit Babys gut aus.
Sie wird gut für die kleine Bärbel sorgen.

Igor stößt eine Tür auf.
Hier steht seine Werkbank.
Er feilt so lange an dem Tortenheber, bis er scharf ist wie ein Messer.
Das Loch für die Schraube macht er größer.
In einer Schublade findet er eine neue Schraube.
Er schraubt sie fest – fertig.
Igor schaut auf die Uhr. Es ist vier Uhr.
Er hat Zeit.
Das ganze Wochenende hat er für sich.
Igor geht hinüber in die Kantine.
Vielleicht hat jemand ein Pausenbrot vergessen.
Igor knipst das Licht an.
Irgendwie sieht es anders aus in der Kantine.

So leer, und die Stühle stehen auf den Tischen.
Es riecht nach Putzmittel anstatt nach Kaffee.

Igor knipst das Licht wieder aus und geht zurück in seine Abteilung.
Dort ist es still.
So still, dass er die Putzfrauen hören kann.
Und die Eingangstür, die laut ins Schloss fällt.
Sie haben ihn vergessen.
Oder sie haben geglaubt, er sei schon weg.
Jetzt ist er ganz allein.
Keiner wird merken, dass er nicht nach Hause kommt.
Oma ist viel zu sehr mit Igors Mutter beschäftigt.
Sie müssten viel besprechen, sagte Oma heute Morgen.
Igor hat keine Lust auf solche Besprechungen.

Nach einer Weile bekommt Igor Durst.
Er geht wieder in die Kantine.
Im Kühlschrank findet er einen halben Liter Milch.
Und im Gefrierfach liegt eine Schachtel mit Eis.
Er greift zu seinem Telefon und schaltet es aus.
Lisa ruft sowieso nicht mehr an.
Er nimmt sich gleich vier Eishörnchen.
Einfach ein- und ausatmen.
Dann geht die Zeit von selbst vorbei.

Die Backschüssel

Am Sonntagmorgen ruft Irene ihre Kollegin an.
„Igor ist weg.
Er ist heute Nacht nicht nach Hause gekommen."
„Hast du die Polizei angerufen?", fragt die Kollegin.
„Ja", antwortet Irene. „Aber die sagen:
Er ist erwachsen, wir können nichts tun.
Doch ich rufe dich eigentlich wegen morgen an.
Kann ich morgen nicht ..."
„Natürlich", antwortet die Kollegin.
„Kein Problem. Bleib zu Hause."
Irene legt auf.
Oh Igor, wo bist du bloß?
Ist er vielleicht wieder zu den Huren gegangen?
Irene hat keine Ruhe.
Sie putzt die Küche.
Aber um Viertel vor eins ist sie damit fertig.
Sie holt eine Backschüssel heraus und stellt sie
gleich wieder in den Schrank.
Für solche Sachen hat sie jetzt keinen Kopf.
Sie würde gern jemanden anrufen, aber wen?
Wer kann ihr helfen?
Lisa.
Sie wird Lisa anrufen.
Das hätte sie gleich machen sollen.
Lisa hat sicher eine Idee.
Wo ist nur der Zettel mit Lisas Foto?

Sie kann ihn nirgends finden.
Irene geht wieder in die Küche zurück.
Da erinnert sie sich, wie Igor an diesem Sonntag sagte:
„Ich mach den besten Kaffee in ganz Deutschland, Stefan. Der ist noch besser als deiner."
Irene zögert kurz und öffnet eine Schublade.

Dort liegt eine Plastiktüte mit der Adresse der Bäckerei.
Sie wird jetzt Stefan anrufen.
Er mag Igor.
Sie wählt die Nummer der Bäckerei.
„Stefan, Igor ist weg.
Er ist gestern Nacht nicht nach Hause gekommen.
Und jetzt ist er immer noch nicht da."
Sie merkt, dass Stefan erschrickt.
„Irene, ist was passiert?
Hat ihn etwas durcheinander gebracht?"
„Ich weiß es nicht. Die Polizei sagt ..."
Irene hält inne.
Nervös sagt Stefan: „Ruf mich um sechs wieder an.
Früher kann ich nicht weg.
Wenn er dann noch nicht da ist, komme ich zu dir."

Um halb sieben steht Stefan bei Irene vor der Tür.
Sein Gesicht sieht besorgt aus.
Er zieht seine Jacke nicht aus.

Und er will sich nicht hinsetzen.
Mit gesenktem Kopf steht er vor Irene.
„Ich muss dir was sagen, Irene.
Ich weiß, du wirst erschrecken.
Es geht um Igor."
Stefan beginnt zu erzählen.
„Wir konnten erst weg, als das Baby gefunden wurde", sagt er zum Schluss.
„Vielleicht ist er wieder hingegangen.
Und hat sich dort verlaufen."

Irene hört Stefan an.
Doch sie begreift nicht, was er sagt.
„Ich dachte, Bärbel sei Lisas Kind ..."
„Das dachte ich auch", sagt Stefan.
„Es ist nicht zu fassen.
Monatelang wurde nach dem Kind gesucht.
Und Lisa und Igor spazierten einfach
mit dem Baby herum.
Sie hatten keine Ahnung, was sie taten."
Irene fängt an zu zittern.
Lisa hat aus Igor einen Kinderräuber gemacht.
Für die Eltern des Babys muss es die Hölle gewesen sein.
Und das ist alles Lisas Schuld.

Stefan fährt fort: „Wirklich, Irene.
Igor war nicht klar, was er da tat.

Er hat dich nicht belogen.
Es ist einfach so passiert."
„Oh, armer Stefan", stottert Irene.
„Er stand mit Bärbel bei dir vor der Tür?"
„Ja", erwidert Stefan.
„Irgendwo in den Park wollte er sie legen.
Er fragte mich, ob das in Ordnung ist."
Irene schüttelt den Kopf.
„Aber warum hast du nicht gewartet, bis ich zu Hause war?"
Sie kann es immer noch nicht glauben.
„Und was wäre dann gewesen?", erwidert Stefan.
„Du konntest doch nichts tun.
Das Baby hat zwei Monate bei dir gewohnt."

Irene senkt den Kopf.
Stefan hat recht. Der Ärmste.
Er musste ganz schnell handeln.
Und dabei dachte er auch noch an sie.
Stefan zuckt mit den Schultern.
„Ich wusste wirklich keine andere Lösung.
Das Baby zurückbringen schien mir das Beste zu sein.
Jetzt haben die Eltern zumindest ihr Kind wieder.
Und Igor und du …"
„Aber warum hast du mir nichts erzählt?", fragt Irene.
„Ich war doch neulich noch bei dir in der Bäckerei."

„Das wollte ich ja“, antwortet Stefan. „Aber du warst in Gedanken ständig mit Nora beschäftigt.
Und das hat Igor schon so verwirrt. Und dich auch.
Ich wollte es dir nicht noch schwerer machen.“
„Aber für Igor bin ich verantwortlich“, bringt Irene mit Mühe heraus.
„Ja“, sagt Stefan. „Und ich glaube, das ist für dich manchmal ganz schön schwer.“
Irene steht auf.
Wenn sie jetzt anfängt zu weinen, hört sie nicht mehr auf. Das ist zu viel für sie.

In der Küche setzt sie Wasser für Tee auf.
Stefan steht in der Küchentür.
„Irene, was hätte ich denn sonst tun sollen?
Wir haben niemandem etwas getan.
Das Kind ist wieder bei seinen Eltern.
Und so ist es besser für Igor, oder nicht?“
Irene denkt nach und sagt dann:
„Wir wissen jetzt, was passiert ist.
Sollten wir nicht zur Polizei gehen und alles erzählen?
Es ist doch strafbar, wenn man etwas verschweigt.“
Stefan seufzt. „Es geht jetzt um Igor, Irene.
Wie gesagt: Vielleicht ist er wieder hingegangen.
Und hat sich dabei verlaufen.
Du weißt nicht, wie er denkt. Wenn er morgen nicht nach Hause kommt, fahre ich hin.“

Fotos

Irene kann nicht schlafen.
Sie liegt hellwach im Bett, mit dem Telefon auf der Brust. Immer wieder sieht sie Igor vor sich.
Wie er das Baby unter den Baum legt.
Und zufrieden auf Bärbel hinunterschaut.
So, das ist geschafft.
Bärbel, nein, Jule ist wieder in Sicherheit.
Sie war zwei Monate bei ihnen gewesen.
Irene, Lisa und Igor haben sich um das Baby gekümmert.
Jetzt ist das Kind wieder bei seinen Eltern.
Doch wie sollen sie ein normales Leben führen?
Solange der Entführer nicht gefasst ist?
Die Eltern werden ihr Kind nie wieder aus den Augen lassen.
Und das alles wegen Lisa.
Sie hat das Baby gesehen und einfach mitgenommen.

Nein, sie hat niemals gesagt: Bärbel ist mein Kind.
Aber sie hat auch nicht gesagt: Das ist nicht mein Kind.
Irene springt auf. Wo sind die Fotos?
Ah, dort auf dem Fernseher.
Irene schaut sich alle an.
Auf keinem einzigen Bild ist Lisa drauf.

Als wäre sie nie hier gewesen.
Sie wusste ganz genau, was sie tat.
Lisa hat allen etwas vorgemacht.
Das wird Irene jetzt bewusst.
Sie muss Lisas Eltern anrufen!
Die werden einen Schreck bekommen.
Aber sie müssen erfahren, was ihre Tochter angestellt hat.
Lisa darf nicht ungestraft davonkommen!

Doch dann lässt Irene das Telefon sinken.
Sie kann dort nicht anrufen.
Lisa wird sagen, dass Igor an allem schuld ist.
Dass Igor die kleine Bärbel entführt hat.
Und außerdem: Wenn herauskommt, was Stefan getan hat?
Wenn herauskommt, dass er Igor geholfen hat, das Baby zurückzubringen?
Nein, das darf nicht geschehen.
Es ist besser, sie ruft nirgendwo an.
Nicht bei der Polizei, und auch nicht bei Lisas Eltern.

Draußen ist es still und dunkel. Alle schlafen.
Ob Lisa schläft?
Oder wacht sie immer wieder auf vor Schreck?
Hat sie Angst, sie könnte im Schlaf reden?
Sich selbst verraten?
Und wenn sie selbst mal ein Kind bekommt?

Wird sie dann schlafen können?
Es gibt genug Irre auf der Welt, Lisa.
Du bist so lange sicher, bis dir ein Verrückter über den Weg läuft.
Er kann dein Kind mitnehmen, einfach so.
Das weißt du ganz genau, Lisa.
Denn du hast es selber auch so gemacht.
Sie, Stefan und Igor werden den Mund halten.
Jetzt und in Zukunft.
Das Verschwinden von Jule wird immer ein Rätsel bleiben.
Wer hat sie entführt?
Und wer hat sie zurückgebracht?
Das wird für immer ein Geheimnis bleiben.
Ach, Lisa. Wenn ich könnte, würde ich zur Polizei gehen. Und dich anzeigen. Doch das geht nicht.

Irene schreckt hoch. Das Telefon klingelt.
„Igor?“, schreit sie fast ins Telefon.
„Hallo Irene, hier ist Jack.
Wir haben Igor gefunden.
Er ist hier in der Werkstatt.“
„Jack! Bin ich froh, dass Sie mich anrufen.“
„Können Sie ihn hier abholen?“, fragt Jack.
Irene ruft rasch Stefan und ihre Kollegin an.
„Igor ist wieder aufgetaucht!“, berichtet sie erleichtert am Telefon.
„Ich hol ihn jetzt in der Werkstatt ab.“

Eishörnchen

Igor sitzt in Jacks Büro.
Jack ist wütend.
„Es gibt nichts mehr zu besprechen“, sagt er.
Igor hat gute Laune.
Er pfeift leise vor sich hin.
Irgendwann kommt seine Oma zur Tür herein.
Sie keucht, als ob sie gerannt ist.
Erst schüttelt sie Jack die Hand.
Dann sagt sie zu Igor:
„Hier gibt es doch ein Telefon.
Warum hast du mich nicht angerufen?
Ich hab mir solche Sorgen gemacht.“
Igor zuckt mit den Schultern.
Oma versteht mal wieder nichts.
Hier hatte er endlich mal seine Ruhe.
Ein Wochenende für sich allein.
Nur Eishörnchen essen.
Und wenn man davon ein paar gegessen hat,
denkt man:
Es gibt doch eigentlich kein Problem.
Man bestimmt selbst, wie eine Geschichte ausgeht.
Das sagt Stefan auch immer.

Irene hält Igor an der Schulter fest.
„Was hast du hier denn gemacht?
Ein Wochenende ist lange.“

„Ich hab nachgedacht", sagt Igor.
„Und das kannst du nicht zu Hause tun?",
fragt Irene.
Igor schüttelt den Kopf.
Dass Oma das nicht begreift.
Sie war doch zu Hause, mit seiner Mutter.
Sicher haben die zwei die ganze Zeit geredet.
Wie hätte er da nachdenken sollen?

Jack fragt Irene, ob sie sich setzen möchte.
Er bietet ihr einen Kaffee an.
Oh je, jetzt kommt´s, denkt Irene.
Jack lehnt sich im Stuhl zurück.
„Es tut mir leid, Irene.
Sie hatten kein schönes Wochenende, ich weiß.
Aber wir können Igor hier nicht mehr halten.
Er hat schon früher die Arbeit verweigert.
Und eine andere Aufgabe will er auch nicht.
Kürzlich wollte er Elsa schlagen.
Jetzt hat er das Wochenende unerlaubt hier
verbracht.
Und heute Morgen wollte er wieder nicht arbeiten.
Er ist ein schlechtes Vorbild für die anderen.
Das geht einfach nicht."

Irene und Igor sitzen in der S-Bahn.
Igor ist erleichtert.
„Ich hab eine tolle Idee", sagt er.

„Hoffentlich", antwortet Irene.
„Aber zuerst will ich dich was fragen.
Warum bist du am Wochenende zur Werkstatt gegangen?"
Igor zieht den Tortenheber aus der Tasche.
Irene streicht vorsichtig am scharfen Rand entlang.
Verwundert schaut sie sich den reparierten Tortenheber an.
„Danke, Igor", sagt sie.
„Aber ich habe noch eine Frage.
Warum hast du mich nicht angerufen?
Hast du eine Ahnung, wie ich ..."
Igor lässt Irene nicht ausreden.
„Du musstest doch alles Mögliche mit meiner Mutter besprechen!"
„Ach, mein Igor", seufzt Irene.
Sie stützt den Kopf in die Hände.
Igor schüttelt verwundert den Kopf.
Mein Igor, so nennt sie ihn fast nie.

Ein Kochtopf

Irene schmiert zu Hause ein paar Brote für Igor.
Dann setzt sie sich zu ihm an den Tisch.
„Hör mal zu", fängt sie an.
„Ich hatte am Wochenende auch Zeit zum Nachdenken.
Und eins ist mir jetzt klar geworden.
Deine Mutter wird hier nie wohnen. Nie."
Igor schluckt und sagt:
„Das kann sie aber gern machen.
Sie kann mein Zimmer haben."
„Oh ... und du?"
„Ich gehe zu Bärbel."
Sofort sieht Igor sie vor sich.
Die rote Jacke und die weiße Mütze.
Er ist fast wieder so glücklich wie an jenem Nachmittag.
Als er sie auf der Spielwiese sah.
Das ganze Wochenende hat er an sie gedacht.
„Bärbel?", fragt Irene erstaunt.
„Nicht die kleine Bärbel", erklärt Igor.
„Sondern die große Bärbel.
Die in der Werkstatt gearbeitet hat."

„Aber Igor", sagt seine Oma.
„Das ist doch schon so lange her.
Vielleicht denkt sie gar nicht mehr an dich."

Er grinst breit. „Natürlich denkt sie an mich."
Irene steht auf. „Es ist mir ernst, Igor.
Lass uns richtige Pläne machen.
Mit dem Träumen ist es jetzt vorbei.
Wir fangen ein neues Leben an und …"
„Ja, genau, das will ich", sagt Igor.
„Ich gehe zu Bärbel.
Und was machst du?"
Irene erstarrt. Sie schaut Igor böse an.
„Du redest wie Stefan.
Der will immer, dass ich Pläne mache.
Hör auf mit dem Unsinn, Igor.
Du gehst nirgendwo hin.
Und ich auch nicht."

„Aber wir wollen doch ein neues Leben anfangen?",
fragt Igor.
„Ja", sagt Oma.
„Du musst eine neue Arbeitsstelle finden."
Igor schaut sie mit großen Augen an.
Ist seine Oma taub geworden?
Laut sagt er: „Ich gehe zu Bärbel."
Irene wird noch wütender.
„Und ich werde jetzt Lebkuchen backen.
Das habe ich versprochen."
Mit großen Schritten verlässt sie das Zimmer.
Igor hört das Klappern von Kuchenblechen in der
Küche.

Er wird sich einen Koffer kaufen.
So einen auf Rädern.
Oma wir ihm das Geld schon leihen.
Der Lärm in der Küche wird immer lauter.

Neugierig geht Igor hinüber zur Küche.
Der Boden ist besät mit Backformen und Kuchenblechen.
Irene knallt wütend einen Kochtopf auf den Herd.
„Weißt du überhaupt, wie viel Zeit das Backen kostet?
Und wofür mache ich das alles eigentlich?
Gibt es denn etwas zu feiern?“
„Ja“, sagt er. „Ich geh doch zu Bärbel?“
„Du rufst jetzt Stefan an“, befiehlt seine Oma.
„Er hat sich große Sorgen um dich gemacht.
Und danach reden wir weiter.“

Igor geht ins Wohnzimmer, um zu telefonieren.
In Gedanken malt er sich aus, wie Bärbel reagieren wird.
Sie wird sicher froh sein, ihn wiederzusehen.
Oma weiß nichts von ihrem Geheimnis.
Nichts zu Oma sagen, hatte Stefan ihm eingeschärft.
Niemals darfst du ihr das verraten, hatte er gesagt.
Doch über Bärbel hat Stefan nichts gesagt.

Igor lacht in sich hinein.
„Hallo, Bärbel“, wird er sagen.
„Rate mal, wer das Baby zurückgebracht hat?“
Sie wird ganz überrascht sein.
Dann erzählt sie es natürlich sofort ihrem Bruder
und seiner Frau.
Und allen anderen, die sie kennt.
Sie werden alle stolz auf ihn sein.
Herzlich willkommen, Igor, werden sie sagen.
Willkommen bei uns.

Lebkuchen für Igor

Irene steht am Herd und rührt in einem Topf.
Dabei versucht sie, nicht an Bärbel zu denken.
Sie räumt die Küche auf.
Dem Topf entsteigt ein köstlicher Duft.
Ach, alles Zeitverschwendung.
Igor freut sich genauso über süßen Haferbrei.
So wird es immer sein. Jeden Tag dasselbe.
Sie arbeitet weiter als Toilettenfrau, und Igor ...
Da hört Irene, wie die Haustür ins Schloss fällt.
Igor kommt in die Küche.
Er zieht einen großen Koffer hinter sich her.
„111 Euro", sagt er.
„Du hast gerade genug Geld im Geldbeutel gehabt.
Schau mal. Mit Zahlenschloss und zwei extra Fächern."

Auf einmal schießt Irene ein Gedanke durch den Kopf. Es ist eine verrückte Idee.
Aber wenn Igor Pläne machen kann, dann kann sie das doch auch?
Sie kocht gern.
Also könnte sie in einem Restaurant arbeiten.
Oder ein Kochbuch schreiben.
Noch lieber würde sie Torten backen.
Die man telefonisch bestellen kann.
Oder in einer Kochschule als Lehrerin unterrichten?

Solche Leute werden sicher gebraucht.
Vielleicht sollte sie mit Stefan zusammen etwas unternehmen? Ein Café mit großer Terrasse ...

„Ich werd mal packen“, verkündet Igor.
Irene folgt ihm. Sie sieht, wie er Hemden zusammenlegt und im Koffer verstaut.
Igor auf eigenen Beinen.
Das war immer ihr Traum gewesen.
Doch so wird es sicher nichts werden.
Sie muss ihm das mit Bärbel ausreden.
Er wird sie dafür hassen.
Aber was sein muss, muss sein.
„Wir können Bärbels Familie anrufen“, schlägt sie vor.
„Dann ist es keine Überraschung mehr“, meint Igor.
„Manchmal ist es besser, wenn es keine Überraschung ist“, entgegnet Irene.
Igor schüttelt den Kopf.
„Du begreifst wirklich gar nichts.
Du begreifst nicht mal ...
Du begreifst nicht mal, wie der Heizkessel funktioniert.“

Irene ergreift ihre Chance. „Nein, ich weiß nicht, wie der Heizkessel funktioniert.
Auch nicht, wie die Abzugshaube funktioniert.
Und mit dem Toaster ist es nicht anders.“

Igor blickt sie unsicher an.
Er macht mit dem Einpacken weiter.
Sorgfältig legt er seine Socken auf die Hemden.
Irene sagt: „Ohne dich geht es einfach nicht.
Das weißt du doch.
Igor, du bist mein Held. Du sorgst für mich, nicht?“
Sie geht auf Igor zu und legt ihm die Hand auf den Rücken.
Ich wusste nicht, dass ich so gemein sein kann, denkt Irene.
„Und was machen wir mit deiner Jeans?
Die ist gerade in der Wäsche.
Die kannst du nicht mitnehmen.“
„Aber die muss mit“, sagt Igor.
„Ohne Jeans geht´s nicht.“
Irene nickt. „Nein, ohne Jeans geht´s nicht.
Und wie lösen wir das Problem?
Warte, ich muss mal nach dem Backofen schauen.“

Die Lebkuchen müssen noch eine Weile backen.
Irene setzt sich im Wohnzimmer aufs Sofa.
Sie hat dafür gesorgt, dass Igor seinen Plan nicht ausführen kann.
Nach einer halben Stunde kommt Igor ins Wohnzimmer.
„Oma, wie merkt man, dass man traurig ist?“
„Dann will man sich unter einer Decke verkriechen“, antwortet sie.

Igor setzt sich neben seine Oma.
„Der Koffer hat 111 Euro gekostet“, sagt er matt.
„Ach, es ist gut, dass wir ihn haben“, meint Irene.
„Wir können mal zusammen in Urlaub fahren.
Soll ich dir eine Decke bringen?“
Igor nickt.
Irene holt eine Decke aus dem Schlafzimmer
und legt sie Igor um die Schultern.
„Ist das so richtig?“, fragt Igor.
„Muss mein Kopf nicht auch unter die Decke?“
„Das musst du selber wissen“, antwortet Irene.
„Wie es dir am liebsten ist.“
Igor verschwindet unter der Decke.
Er sitzt regungslos da.
Irene rührt sich auch nicht.
Sie denkt im Stillen: Manchmal will man das eine.
Und manchmal will man etwas ganz anderes.
So ist das Leben.
Draußen sind ein paar Böller zu hören.
Bald wird Silvester sein.

Auf einmal setzt sich Igor auf.
Die Decke gleitet ihm von den Schultern.
„Oma, ich hab eine Idee! Eine tolle Idee!“
Seine Augen strahlen.
„Du kannst doch Stefan anrufen, wenn du was nicht verstehst!“

Wörterliste

Armer Ritter
Hartes, altes Brot, das man eigentlich nicht mehr essen kann. Man kann es mit Ei, Butter, Zucker, Nutella und anderen Zutaten backen oder braten. Dann muss man es nicht wegschmeißen, sondern es ergibt ein leckeres Essen.

Dort gehe ich ein
Hier ist gemeint: Ich fühle mich nicht wohl.

Es graust ihm
Er hat Angst.

Pimmel
Penis, männliches Geschlechtsteil.

Tiramisu
Ein süßer Nachtisch mit viel Kakao.

Verkaufs-Offener Abend
Ein Abend, an dem die Geschäfte zum Einkaufen länger offen sind.